Wie der Hase läuft

TaschenRecke 2018

Impact Books

Überarbeitete Auflage
Veröffentlicht bei Impact Books
Duisburg 2018

Lektorat & Korrekturen:
Dagmar & Bine
Gestaltung und Satz:
Karin Recke
Printed in Germany

Wie der Hase läuft

TaschenRecke 2018

Kurzgeschichten

SCHRÄGE GESCHICHTEN

RECKE

IMPACT BOOKS

a division of KMG Music GmbH - Am Markt 1 – 47229 Duisburg
Deutsche Erstauflage März 2018

Inhalt

Sahnestücke

Zugaben

Für K. Mogan, die Liebe meines Lebens, für meine Mutter und meine Familie von Berlin bis Düsseldorf und meine wunderbaren Freunde, kreuz und quer verteilt über Land.

Es gibt für mich auf der ganzen Welt nur eine Art meine Geschichten zu schreiben. Auf meine Art.

Einstein sagte mal: Wenn eine Idee nicht zu Anfang absurd erscheint, dann besteht keine Hoffnung für sie.

Dieses Zitat passt ganz gut zu dieser wilden Mischung in diesem Buch

Über den Autor:

Am 07. September 1970 in Berlin geboren und nun, in Düsseldorf lebend, entdeckte er schon früh seine Veranlagung des Geschichtenerzählers. Was mit einer unfertigen, fiktiven Elvis Biografie im Todesjahr des Kings begann ist heute nach wie vor Programm. Möglichst gute Unterhaltung, eingebettet in seinen schrägen Humor. Dass ihm der große Ruhm bis heute erfolgreich aus dem Weg gegangen ist, stört ihn nur bedingt. Dafür genießt er die uneingeschränkte Freiheit seine Geschichten genau so zu erzählen, wie es ihm und seinen Lesern gefällt. Seit gut 20 Jahren ist er als Autor auf Bühnen unterwegs, allein oder als Support von Bands und Liedermachern. Auf Literatur und

Straßenfesten, in Kneipen, Cafés und Galerien, auf Rockfestivals und überall dort, wo er gern gesehen ist. Als Mitglied der Rockband Kellergeister ist er für Songtexte und Chorstimmen auch auf größeren Bühnen unterwegs. Seine Lesungen sind nach wie vor ein unterhaltsames Spektakel, dass sich mit normalen Lesungen eher nicht vergleichen lässt.

Infos und Termine: Facebook - TaschenRecke

Zuletzt Veröffentlicht, Auszug:

Kellergeister: Wir in diesen Tagen Musik CD
G. Recke: Schräge Geschichten – Hörbuch CD
G. Recke: Katertag Kurzgeschichten Buch
Kellergeister: Kumpel & Malocher Edition Musik CD
Anthologie: München Schillert (Smart & Nett) Gedichte Buch

Ein paar Worte vorne weg

Wieder haben wir es auch in diesem Buch mit Geschichten zu tun, die nichts mit der Realität und realen, unter Umständen aus den Medien Bekannten Personen zu tun. Ich habe mir diese Leute in meine Geschichten als fabulierender Autor eingebaut und die realen Bezüge der Geschichte so weit angepasst, dass es der Geschichte gut tut. Sollte sich Jemand in meinen Geschichten wiedererkennen und gegebenenfalls schlecht dargestellt finden, dann tut es mir zwar leid, aber es geht hier ausschließlich um Geschichten, die unterhalten sollen. Alles andere ist nicht Sinn der Sache.

Wenn da jemand ist, der mit seiner vermeintlichen Darstellung unglücklich ist, dann melde Dich doch bitte per mail oder so bei mir, damit wir das in Ruhe klären können. Und damit wünsche ich, worum es in diesem Buch gehen soll: Gute Unterhaltung und viel Vergnügen.

Vorwort von G. Recke

Viel ist passiert, seit meinem letzten Buch »Katertag«. Wunderbare Begegnungen, Veranstaltungen, Projekte und Lesungen ergaben sich aus dem letzten Buch. Klar, die Welt ist im allgemeinen nicht unbedingt besser geworden, ziemlich finster sieht es vielerorts aus. Und gerade da sehe ich es als meine Aufgabe nicht in dem Sumpf der schlechten Laune zu stochern, sondern mit meinen Geschichten und Gedichten Inseln der Ablenkung und der Unterhaltung zu bieten. Auch möchte ich mit meinem abseitigen Blickwinkel die Welt auf eine Art zeigen wie man die Dinge auch sehen kann. Daher werden sich auch in diesem Buch eher keine Texte zu tagespolitischen »Problemen« finden. Und wieder gibt es einen Grund zu Feiern. Ziemlich genau zwanzig Jahre Bühne feiere ich in diesem Jahr. Dieses Motto hab ich dann auch als Motto für dieses Buch gewählt.

Zwanzig Jahre in denen ich viel über das Konzept Bühne und über meine Rolle und Aufgabe als Alleinunterhalter gelernt habe. Manches hat länger gedauert, aber es ist ja nicht so, dass man erst mal einen Grundkurs irgendwo bucht. Denn seien wir mal ehrlich. Viele Lesungen sind doch im Grunde extrem langweilige, zähe Veranstaltungen. Viele bei denen es doch witzig und interessant ist sind auf der Bühne eher als Comedians unterwegs, als was ich mich aber nicht sehe und in welcher Ecke in mich nie bewegen möchte. Meine Nische mit meinen Texten ist als solche eher meine eigene Erfindung und funktioniert alters- und Szene übergreifend erstaunlich gut. Klar ist jede Veranstaltung anders und manchmal ist halt doch der Wurm drin. Aber enttäuschte, gelangweilte Gesichter suche ich nach meinen Lesungen glücklicher Weise vergebens. Nicht jeder Auftritt ist ein rauschender Erfolg, aber immer sind es spannende Events auf denen ich mit meinen Gästen eine gute Zeit habe. Lesungen sind ja keine Massenveranstaltungen. Im Schnitt sind etwa 20 Leute da und diese kleine Masse gilt es gut zu unterhalten und für sich zu gewinnen. Nicht mehr, aber auf gar keinen Fall weniger. Vieles habe ich von meinem Freund und unserem Sänger »Michel« zum Thema Bühne gelernt, auch Karin (Mogan) meine Frau ist mir in Sachen Professionalität eine wichtige Inspiration. Natürlich sind die Gespräche mit den Besuchern meiner Veranstaltung, der Austausch mit Veranstaltern und Kollegen aus dem Verlags und Musikgeschäft immer ungemein spanend und oft lehrreich. Klar habe ich meine eigene Vision und die gilt es so gut es eben möglich ist, umzusetzen. Dass da der Faktor Mensch auf und vor der Bühne eine wesentliche Rolle spielt ist schon klar. Schließlich bin ich da mit meinen Geschichten ohne großartige Showelemente oder Instrumente auf das wesentliche reduziert.

Im Musikbereich sagt man ja, das 2. Album ist schwerer als das erste, weil es sich am ersten messen muss und auch, weil eine gewisse Erwartungshaltung an den Nachfolger geknüpft ist. Stimmt wohl. Auch wollte ich nicht einfach das nächste Buch rausbringen und mal gucken wie es so ankommt, es soll schon auch neue und andere Seiten von mir zeigen. Geschichten die ich jetzt schreibe sind vielleicht völlig anders als meine älteren. Einige der alten sind mit ein paar Überarbeitungen immer noch so frisch und schön, dass ich sie hier mit eingebaut habe. Es ist letztlich alles wie im anderen Buch, nur halt teilweise ganz anders. Muss man sich drauf einlassen, wenn man sich traut. Und als Übergreifendes Thema dieses Buches gilt hier, zwanzig Jahre Bühne, wie der Hase läuft, oder eben nicht.

Aber mittlerweile weiß ich wie der Hase läuft.

Die einzelnen Kapitel sollen ja einem live Leseblock entsprechen, also geht es natürlich mit einer brandneuen Pflanzengeschichte los.

Das schreiben dieser speziellen Art von Geschichten ist immer wieder eine vergnügliche Herausforderung.

Kevin, die Klopflanze

Wohngemeinschaften waren mir ja schon immer suspekt. Zum Glück sah ich mich in meiner Jugend nie dazu genötigt, in einer solchen Zweckgemeinschaft voller Chaoten hausen zu müssen. Und nun, mit Mitte 40, erwarte ich auch eher nicht, dass Karin und ich auf die bekloppte Idee kommen und sagen: Mensch, lass uns mit vier fremden Studenten ´ne Bude teilen. Noch mal gut drum rum gekommen, sag ich mal.

Aber ich hab mich des Öfteren des in Wohngemeinschaften aufgehalten. Um Freunde zu besuchen und noch öfter, um auf Partys dort abzuhängen und manchmal, in Folge der Party, dort zu stranden, um dann auch noch das Frühstück dort zu erleben.

Gut, ich bin jetzt vielleicht kein Experte, was Wohngemeinschaften angeht, aber ich habe Eindrücke gesammelt.

Verdreckte Küchen, leergeplünderte Kühlschränke, nicht erfüllte Putzpläne, verschlampte Rechnungen, alles hab ich am Rande mitbekommen. Und auch die unmenschlichen Schattenseiten dieser Zwangsgemeinschaften, voller Verrohung und Verachtung und davon werde ich Euch jetzt, anhand von einem willkürlich gewählten Beispiel, berichten.

Es geht um Kevin. Die Klopflanze. Gut, ob die Kreatur tatsächlich mit diesem Namen ausgestattet war, ist eines der ungelösten Rätsel der Menschheit. Ich vermute mal, dass das Ding nie einen Namen bekommen hat.

Jedenfalls war ich mit Karin auf dieser buckligen Party bei buckligen Leuten eingeladen. Ziemlich neue Bekannte, die uns gerne auf ihrer Party haben wollten - warum nicht? Wenn es scheiße ist, kann man sich ja fix wieder verpissen, war unser Motto. Den Leuten und dem Event zumindest eine Chance geben, war unser guter Vorsatz, mit dem wir uns auf den Weg gemacht hatten. Außerdem waren Max und Johanna ja scheinbar ein recht nettes, umgängliches Pärchen, auch wenn diese Gestalten locker 15 Jahre jünger als wir waren.

Also, ne Flasche Mittelklassewein geholt und ab in die Bimmelbahn Richtung Szeneviertel zur Party. Wir erwarteten nichts, was ja erst mal die richtige Einstellung ist, wenn man wo hinkommt, wo man eher keinen kennt. Die Wohnung, Marke »ranziger Altbau«, war fix gefunden und schwupp, waren wir im Getümmel. Bierkisten, laute Rockmusik und ein kruder Mix an Sperrmüllmöbeln sorgten für eine nette Wohlfühlatmosphäre. Wir beschlossen, uns keine Namen zu merken und jeden mit »Du da« anzureden. Ganz ungezwungen, wie das wohl bei jungen Leuten so üblich ist. Studentenlümmel sind ja jetzt nicht gerade unsere übliche Klientel, aber egal. Immer offen für Neues, das hält jung und fit in der Rübe, hätte an diesem Abend durchaus unser Motto sein können.

Wir angelten uns ein Bier und guckten uns die Leute beim jung sein an. Na ja, dachte ich mir, wenn das ihre Vorstellung von der wilden Party ist, dann ist das zumindest nicht mein

Problem. Das Bier schmeckte, wie das erste Bier des Abends so schmeckt und nachdem das alle war, musste ich umgehend überprüfen, ob das nächste genauso gut ist, und so weiter. Ab und zu stupste Karin mich an, und meinte, ich solle das Bier nicht so fix runterstürzen. Recht hatte sie. Aber je älter der Abend wurde, desto mehr war ich der Meinung, dass mein Tempo völlig angemessen war. Wenn der Abend ohne Bier langweilig ist, darf man dem Bier ruhig eine Chance geben, ist mein Motto.

Und wie das so ist, mit dem Bier, es gehört einem ja nicht. Es wird einem nur für ein paar Stunden geliehen, um dann, mittels Alchemie, in anderer Form der Welt zurückgegeben zu werden.

Sie merken, dass mein Zustand in Richtung ‚heitere Philosophie' wechselte, als ich das sogenannte ‚stille Örtchen' aufsuchte. Nur war es dort nicht still, weil die Bewohner auch hier Boxen in den Raum gehängt hatten. Nicht mal in Ruhe pinkeln kann man, ohne das einen der Sänger von ‚Aerosmith' dabei anbrüllt. Kein Wunder, dass diese Leute alle mit Ritalin ruhig gestellt werden müssen, dachte ich, als ich den Reißverschluss öffnete. Hinter dem mit Graffiti besudelten Spülkasten, war eine Nische mit einem Fenster. Voll ok von der Grundidee, nur konnte man das Fenster nicht öffnen, weil dort ein Blumentopf stand. Mit Pflanze! Einer extrem zähen, wenn ich bedenke, wie es in dieser mehr oder weniger öffentlichen Bedürfnisanstalt roch. Keine Ahnung, um was für ein Geschöpf es sich handelte, ich hatte schließlich nie eine Ausbildung zum Botaniker erwogen und auch sonst nicht den Wunsch, mein

Fachwissen in Sachen Blumen und Grünzeug zu erweitern.

Da stand ich nun, quasi Auge in Auge mit dieser seltsamen Lebensform. Und nun sollte ich Wasser lassen, nicht ganz einfach, wenn da noch jemand mit im Raum ist.

»Hallo, ich bin Recke, ein Dichter aus Berlin«, stellte ich mich dem Wesen vor. Zum Glück hat sie nicht weiter auf meinen Gruß reagiert oder gar geantwortet, sonst wäre ich eventuell schreiend aus dem Lokus getürmt. Na, da hätte Karin sich aber gefreut, wenn der angetrunkene Gatte schreiend vom Klo kommt, ohne sein Geschäft verrichtet zu haben. Ein großes, herzliches »HALLO!« wäre das nicht geworden. So viel kann ich mal behaupten, ohne als Hellseher anerkannt zu werden.

Das Ding blieb also entspannt und wortkarg, wie es sich für normale Pflanzen im echten Leben gehört. Und da ich ordentlich Druck auf dem Schlauch hatte, drehte ich die Pflanze mit der Blüte zum Fenster und lies es laufen. Aber mein Gehirn raste. Was hatte diese, eher weniger geliebte Pflanze verbockt, dass sie nun im Scheißhaus ausharren muss? War es nur ein kleines Vergehen und morgen durfte sie wieder ins Wohnzimmer oder gar auf den Balkon?

Oder sollte sie hier erstinken und vergammeln, damit irgendwann der Wurf in die Mülltüte mit weniger Gewissensbissen verbunden wäre? Mord durch Ort, quasi.

Was für kranke Schweine leben hier eigentlich, fragte ich mich in einem Anfall von alttestamentarischem Zorn, während die Pflanze geduckt und gequält wie das Leiden Christi hier rumvegetierte. Was für schäbige Leute sind das. Hier leben fünf Figuren, die jeden Morgen, bevor sie ihre widerlichen, stinkenden Körper zur Uni schleppen, erst mal ne Runde kacken. Und wer bekommt die Stinkluft ab? Die arme Pflanze, die vielleicht eine nette Mutti ihrem vorwitzigen Kind geschenkt hat, als der Streber hier eingezogen ist. Menschen sind ekelhafte Tiere, ging es mir durch den Kopf. Mieser als jedes Dreckschwein. Ich hatte Lust irgendwas kaputt zu machen, den Duschwänden Leid zufügen, beispielsweise.

Als ich vom Klo kam, war ich in Gewitterstimmung. Diese beknackten Nerds mit ihrer Sammlung von alten ‚Star Wars' Püppchen. Die würde ich mir vornehmen, die alten Sammelfiguren. Beiläufig schlenderte ich zum Setzkasten und griff mir ‚Darth Vader'. Knick knack, war das rechte Bein ab. Knack, der Kopf auch. Die Reste legte ich zurück in den Setzkasten. Mit einer Tube Uhu kriegen die den wieder hin, beruhigte ich mein Gewissen, welches sich nun meldete.

Gut, dass meine Schandtat unbemerkt blieb.

Nicht, dass das hier noch in einer Schlägerei ausartet. Und dann stehe ich morgen in der ‚BILD'-Zeitung:

»Unbekannter Autor verstümmelt ‚Darth Vader', was soll das, Herr Recke?!«

Oder so ähnlich. Und ich würde den Reporter dann zurück fragen: »Hätte ich etwa »Luke Skywalker« amputieren sollen?« Nee, passt schon, dachte ich mir. Nach kurzer Absprache mit Karin entschlossen wir uns, nach dem nächsten Bier zu gehen. Das ist immer ne gute Trinkeruhrzeit, »nach dem nächsten Bier«. Ich begann also, ganz offensichtlich ein paar Flaschen Bier in meinen Rucksack zu packen. Wer blöde glotzte, bekam einen blöden Blick zurück. Nach meinem

Erlebnis auf der Toilette war mir hier nichts mehr peinlich. Zumal irgendeine Fritte jetzt auch noch eine ‚Best of'-Platte von ‚ABBA' durch die Anlage jagte. Wenn die Studenten von heute das als Ironie verstehen, dann ist das ihr Problem. Als Rausschmeißermusik funktionierte das Zeug nicht, denn mindestens zehn Leute tanzten und der Rest wirkte nicht im Ansatz irritiert. Was für ein lahmer, kranker Haufen studiert heute? Und was studieren die? Spießertum im 30sten Semester? Ich sag nur Nudelsalat und »Rauchen auf dem Balkon, bitte«. Fehlt bloß noch, dass gleich Helene Fischer reinkommt und Autogramme geben muss.

Und dann hatte ich eine Idee, auf die ich nachhaltig stolz bin. Und wie das mit Ideen im Suff ist, wurde sie auch sofort umgesetzt. Klar musste ich noch mal aufs Klo, bevor wir den Abgang machten. Nur nahm ich jetzt meinen Rucksack mit. Der hatte noch Luft nach oben und da verstaute ich den armen Kevin. Rettung in fast letzter Sekunde, würde ich mal sagen. Bevor die hier mit ihrem Bierschiss morgen früh dem Geschöpf den Rest geben. Ohne Tschüss und erst recht ohne »auf Wiedersehen« zogen wir los. Es war noch eine Zeit, wo die Bahnen problemlos fuhren, also den Schein für das Taxi auch noch gespart. Dazu eine Pflanze gerettet, leicht angeballert und noch 6 Bier im Rucksack für später. Den Wein hab ich auch wieder eingepackt. Wer so mit Pflanzen umgeht, hat eine 3-Euro Flasche Wein nicht verdient, höchstens über den Schädel gezogen.

Und wenn die mich jetzt wegen Diebstahl anzeigen, dann

wende ich mich an Amnesty International. Die werden dann geächtet und können sich nirgends mehr blicken lassen. Auf solche Leute verzichte ich gerne. 2 Wochen später:

Anzeige und Gegenanzeige blieben aus. Max und Johanna riefen irgendwann zwischendurch an, um zu fragen, warum wir so schnell weg waren. Wir antworteten, dass das unsere Sache sei, und dass sie hier nie wieder anzurufen hätten. Nach Kevin fragten sie nicht, was schon mal tief blicken lässt.

Apropos Kevin: der blüht und grünt neben dem neuen Kakki, den wir letztens im Baumarkt gekauft haben. Natürlich im Wohnzimmer. Kevin wirkt extrem erleichtert und ich kann ihn gut verstehen. Hier wird er geliebt, respektiert und fair und, wie man so schön sagt: auf Augenhöhe behandelt. Und Studenten sind in meiner Achtung auf einen nie geahnten Tiefststand gesunken.

Wir leben glücklich und in Ruhe und wenn die Welt uns in Ruhe lässt, dann ist doch alles in Ordnung. Und meine Botschaft für alle: Pflanzenhasser verpisst Euch, wir kommen mit eurer beknackten Haltung nicht klar.

Ende

Der schärfste Metzger

Einige meiner Freunde und Leser müssen jetzt ganz stark sein. Wir essen immer noch Fleisch. Also, mit Fleisch meinen wir jetzt nicht, das eingeschweißte Billigzeugs aus den finsteren Lagern dubioser Discounter, sondern das, von glücklichen Tieren.

Bevor das alte Schwein zu seiner letzten Reise in unsere Mägen aufbrach war es glücklich. Es lebte quasi eher in einer Wellness Anlage mit Sängern, Pool und Buffet. Es wurde täglich massiert und bekam versaute Witze erzählt, bevor es abends gut gelaunt mit seinen Kumpels zur happy Hour in die Bar spazierte. Und nun wollte ich etwas von dem Kumpel in der Pfanne brutzeln.

Es war November. Überall gab es Kalender. Klar, neues Jahr steht vor der Tür, also muss bald mal ein neuer Kalender her. Und ich stand in der Schlange von der kleinen, gemütlichen Metzgerei, meiner Wahl.

Ich ließ so meine Blicke über die Köstlichkeiten wandern, während sich vor mir ein paar Greise ausdösten, während sie in Zeitlupe ihre Bestellungen nuschelten. Alles wie immer. Minuten purzelten in den Gully der Vergangenheit während ich so am warten war. Plötzlich viel mir das Ding auf. Der Kalender. War ja nicht nur einer.

Es gab das Ding stapelweise zu kaufen. »Die schärfsten Metzger«, war sein Thema. Ein handgeschriebener Zettel verkündete, dass der hauseigene Metzger der aller schärfste Metzger, und somit der Titelblatt Typ sei. Aha. Ich hab den Kerl in der weißen Unterhose noch nie gesehen. Wahrscheinlich, weil der hinten mit der Kettensäge Schnitzel aus dem Schwein schnitzt, bevor das Zeug hier portioniert in die Auslage wandert. Auf dem Bild war also ein junger, muskulöser Typ, der ne weiße, gut gefüllte Unterhose und nen Bart hatte. Jetzt nicht gerade das, was ich hier, oder sonst wo, sehen wollte, aber egal. Mich fragte Keiner. Nachdem ich meine Bestellung aufgegeben hatte wurde mir, in bester ‚Mc Paper Manier' auch noch der Kalender für knapp 20 Euro angeboten.

»Nö, ich guck mir keine halb nackten Jungs an, was soll denn meine liebe Frau von mir denken? Dass ich zwischendurch kurz schwul geworden bin? Nee, lass mal. Mir reicht das Fleisch für die Pfanne.«

Damit war die Fachkraft aber noch nicht besänftigt. Ich solle umgehend »Facebook Freund« des Ladens werden und dann, über irgend einen Link für den scharfen Metzger voten. Drehen die jetzt alle durch, fragte ich mich kurz. Ich versprach ihr alles, nur um dann so schnell wie möglich verschwinden zu können. Sind die alle bekloppt?

Fassungslos berichtete ich zuhause Karin von dem Erlebnis. »Ruhig bleiben«, war ihr guter Rat.

Drei Monate später, das Jahr hat schon ein paar Monate auf dem Buckel und den Kalender bieten die immer noch an. Für den halben Preis, will ich aber trotzdem nicht. Dafür hab ich heute den scharfen Metzger gesehen. Der trug nen albernen Hut, mit dem er eher in ne Cocktailbar passen würde.

Er wirkte, alles in allem ziemlich arrogant, aber das wäre

ich wohl auch, wenn man mich zum schärfsten Irgendwas gekürt hätte und ich im Schlüpper der Kalenderboy wäre. Also, mir ist das egal, ich lass mich von so einem Typ in ner weißen Unterhose nicht einschüchtern.

Ende

Mach mal was Böses

Wer mich erst in den letzten 30 Jahren kennengelernt hat, wird es sich nicht so richtig vorstellen können.

Aber es war so, ich war ein extrem schüchternes, introvertiertes und stilles Kind. Warum? Keine Ahnung. Gab ja keine Gebrauchsanweisung dazu, als ich auf die Welt kam. Es wird sicherlich irgendwelche Gründe gehabt haben, egal wie gut oder absurd diese auch gewesen sein mögen. Auf jeden Fall war ich damals so. Ich war so schüchtern, dass ein Stück Holz neben mir wie ein quirliger Acid-Freak gewirkt haben muss.

Irgendwann war ich mal mit einem Freund in der Firma, welche seinem Vater gehörte. Eine ehemalige Tankstelle, die zu einem obstverarbeitenden Betrieb umgebaut war. Wir spielten und redeten und irgendwann kam sein Vater zu mir, in der Hand hatte er einen Hammer. Der Vater war in unserer Wohngegend nicht gerade als freundlicher Friedensstifter bekannt, eher das Gegenteil wurde über ihn berichtet.

Klar bekamen mein Freund und ich erst mal einen ordentlichen Schreck. Hatten wir was Blödes gemacht und nun gab es Saures? Wir sahen uns schon panisch nach Fluchtmöglichkeiten um, als sein Vater meinte: »So Gernot, du bist immer so beschissen lieb und höflich, das ist ja nicht zum Aushalten. Ich könnte wetten, du hast noch nie vorsätzlich etwas Böses gemacht.«

Da hatte er recht, weshalb ich auf die Wette nicht einging. Ich war vielleicht 10 Jahre alt und hatte noch nie vorsätzlich etwas Böses gemacht, warum auch? Wer etwas Böses macht, ist böse und muss für seine Taten geradestehen. Bekommt Backpfeifen, wird angeschrien und die Eltern dürfen vielleicht auch noch antanzen. Auf so viel Trubel hatte ich keinen Bock.

Der Vater hatte sich anscheinend Gedanken gemacht und war der Ansicht, dass ich nun alt genug war um mal was richtig Böses zu machen. Mir war die Sache nicht geheuer. Er erklärte seine Idee:

»Du bist immer so nett, dabei ist es deine Entscheidung auch mal was Böses zu machen. Und nun ist es so weit; hier, nimm den Hammer und hau ne Fensterscheibe ein.«

Ich fühlte mich augenblicklich überfordert. Was sollte das denn? Und wozu sollte das gut sein? War das ein Trick, um mich dann zu verkloppen, und das mit Grund? Das er mir etwas fürs Leben beibringen wollte hätte ich in diesem Moment nie für möglich gehalten. Klar lehnte ich seine Idee rundheraus ab. Nur war er damit nicht einverstanden. Der Vater versicherte mir, dass mir nichts passieren würde, wenn ich das Fenster einhauen würde, wenn nicht… nun ja….!

Ich denke mal, ich war schwer überfordert. Das alles war absurd. Ich hatte keine Idee, was er sich dabei dachte. Wozu sollte diese sinnlose Zerstörung gut sein? Irgendwann hatte ich den Hammer in der Hand und zierte mich immer noch. Aber nun war auch noch der ältere Bruder von meinem Freund dazugekommen und von allen Seiten redete man auf mich ein. Jedenfalls fühlte ich mich ziemlich bedrängt und meinte:

»Gut, wenn ihr das unbedingt wollt, dann mach ich das.«

Ich nahm den Hammer, mir war schlecht, aber es nützte ja

nichts. Ich schwang den Hammer und kloppte wie ein Irrer auf das eben noch schöne, ganze Fenster, welches im nächsten Moment in tausend Stücke platzte. Der Vater, mein Freund und sein Bruder jubelten, als hätte ich die Bundesjugendspiele gewonnen. Sie tanzen um mich herum und keiner war wütend auf mich. Gut, irgendwie hatte das Spaß gemacht, es war ja schließlich auch eine ordentliche Portion Nervenkitzel dabei.

Ich hatte mein freundliches Ich zur Seite geschoben um etwas richtig Böses zu machen; ich hatte meine Angst überwunden und es durchgezogen. Da gab es nichts dran zu rütteln, auch wenn ich mir das nicht selbst überlegt hatte und es erst recht nicht meine Idee war. Irgendwie war das ein wichtiges Erlebnis für mich. In dem Moment hatte ich es noch nicht begriffen, aber der Vater wollte mir eine wichtige Lektion des Lebens beibringen und er hat es geschafft. Später machten wir Pommes und wir waren berauscht, als hätten wir Alkohol getrunken, was wir natürlich nicht gemacht hatten.

Vielleicht war das irgendein verrücktes Ritual, um mich auf die Welt da draußen einzustimmen, zumindest kommt mir das im Nachhinein so vor.

Mittlerweile bin ich aus dem Schneckenhaus der Schüchternheit herausgewachsen und das Leben hat jeden von uns in unterschiedliche Richtungen gepustet. Natürlich hat uns das Leben so manchen fiesen Streich gespielt und in die Hintern getreten und manchmal nach vorne geschubst. Meine Freundschaft zu dem Jungen von damals hat viele Stürme überstanden, gemeinsam hatten wir viel durchgemacht, uns gelegentlich aus den Augen verloren und doch hat diese Freundschaft gehalten.

Jetzt sind wir seit über 40 Jahren Freunde. Das Leben ist eine seltsame, spannende Angelegenheit und eine gelegentliche Portion Mut schadet nicht. Vielleicht war diese Aktion »Mach mal was Böses« für meine persönliche Entwicklung nötig und wichtig. Je länger ich darüber nachdenke, desto sicherer bin ich mir:

Das hatte schon seinen Sinn.

Ende

Immer schlimmer

Jetzt haben die Veganer hier, bei uns auf dem Marktplatz, die Currywurstbude abgefackelt.

Na danke, das wird ja alles immer schlimmer, ich sag es Ihnen. Macht keine Laune mehr. Früher, vor etwa 30 Jahren wurden die pelztragenden Omas angepöbelt, heute bist Du in Gefahr, wenn Du in der Öffentlichkeit eine Bratwurst isst. Da hat man ganz fix eine aufgebrachte Menge gegen sich, die einem ins Gesicht schreit, oder Schlimmeres. So weit ist das hier schon gekommen. Jeder mischt sich bei jedem in die Angelegenheiten. Letztens, kurz nach der Landtagswahl, war ich unschuldig in der Stadt. Etwas rumbummeln, Buchläden besuchen, sowas halt. In einer Einkaufspassage quakte mich jemand an und hielt mir ein, mit WDR Logo versehenes Mikrofon, unter die Nase.

»Und wen haben sie gestern gewählt, junger Mann?«

Ich war ziemlich von der Rolle. Einfach so überfallen und verhört zu werden gehört eigentlich nicht zu meinen normalen Erlebnissen in der Düsseldorfer City. Ich sammelte mich kurz.

»Guten Tag, sie wollen also ernsthaft wissen bei welcher Partei ich mein Kreuz gemacht habe? Und sie? Wen haben sie denn gewählt?«

Der Interviewer kuckte mich komisch und irgendwie ertappt an.

»Nun, ich habe das Mikro. Ich stelle die Fragen. Außerdem

ist es sehr unhöflich auf eine Frage mit einer Gegenfrage zu reagieren.« Na, das war ja ein ganz schlauer Hund.

»Soso, wer sagt das? Und wo sind wir hier eigentlich, guter Mann? Ist das hier zufälligerweise die DDR 1987 oder was? Wir sind hier immer noch eine Demokratie, in der jeder frei und geheim wählen darf. Also ist das ja wohl meine Sache, ob und wenn ja, wen ich gewählt habe.«

Fassungslos starrte er mich an.

»Ich mache hier doch nur eine Umfrage«.

»Mir egal, so macht man das aber nicht, wenn man seriös sein will, tschüss.«

Damit ließ ich ihn und den Kameramann stehen. Frechheit, dachte ich.

Als ich mir, gegen die Müdigkeit, bei »Star Bucks« einen Kaffee kaufen wollte und in der Schlange wartete, kamen drei zerlumpte Studententypen und sangen:

»Star Bucks USA,
darf man nicht unterstützen,
sonst seid ihr nicht besser
und bekommt was auf die Mützen«.

Klar hab ich mich ganz schnell aus dem Staub gemacht. Nicht zum Aushalten, was da im öffentlichen Raum so abgeht. Ein paar Tage später saß ich mit einem Schnitzel im Brötchen auf einer Bank und glotzte den Rhein an, macht man hier ja so. Dauerte nicht lange, da kamen vier Gestalten, bauten sich vor mir auf und zischten mich an.

»Du frisst ein Lebewesen, du miese Sau.«

Ich dachte an Clint Eastwood-Filme. »Dirty Harry« würde die umballern und weiter essen. Ich war aber unbewaffnet, daher sagte ich:

»Verschwindet, eure Meinung ist mir völlig egal, also, ab in die Uni.«

Da wurden sie grob. Einer schlug mir das Essen aus der Hand, ein anderer knallte mir eine. Dann verduftेten sie. Als ich mich wieder einigermaßen gesammelt hatte suchte ich mir einen Polizisten um eine Anzeige aufzugeben. Nachdem ich ihm erklärt hatte was vorgefallen war, zuckte er mit den Schultern.

»Na, da kann ich auch nichts machen, Dickerchen. Sie hätten die jungen Aktivisten ja nicht mit ihrem Schnitzelbrötchen provozieren müssen.«

Na danke! Freund und Helfer, dass ich nicht lache, dachte ich und ließ den nutzlosen Wachtmeister stehen.

Als ich mir eine Zigarette angesteckt hatte, fühlte ich mich kurz besser. Genau so lange, bis sich eine Schulklasse samt Lehrerin vor mir aufbaute.

»Heute ist Weltnichtrauchertag, das wissen sie doch ganz genau«, keifte mich die Lehrerin an. Ein Knirps zeigte mit dem Finger auf mich und grölte.

»Rauchen macht hässlich.«

Alle, Lehrerin und Schüler lachten. Dann löschte ein Mädchen mit ihrer Capri-Sonne meine Zigarette.

»Das haben sie nun davon, am Weltnichtrauchertag rauchen, das ist so was von asozial« raunte die Lehrerin.

Dann verschwand dieser Mini-Flashmob. Was ist nur los,

fragte ich mich. Wo ist der Anstand geblieben? Warum muss man sich als Mörder anschreien lassen, nur weil man eben was beim Metzger gekauft hat?

Wo sind die Zeiten geblieben, wo jeder machen konnte, was er wollte, ohne gleich an den nächsten Pranger gezerrt zu werden?

Im Fernsehen wird einem ja immer öfter gesagt, was man denken und meinen sollte, was gut und böse ist. Das viele, dank zu viel Fernsehen das eigenständige Denken verlernen und nur noch irgendwas vor sich hin brabbeln, ist schon anstrengend. Früher hat man sich ja noch unterhalten und Meinungen austauschen können, das wird aber auch immer seltener. Da wird mit Parolen und Standpunkten durch die Gegend geworfen ohne Hintergrundwissen. Mehr als ein rausgeplatztes Statement ist da oft nicht vorhanden. Und dann wundert man sich, dass mich das dann ärgert und ich ein verbitterter Mann geworden bin.

Ende

Und trotzdem lebe ich unheimlich gerne in Düsseldorf…

Telefonat mit meiner Mutter

Vorgeschichte: Irgendwann, mitten im Urlaub. Karin und ich sind mitten in einer Gesangsübung, als plötzlich und unerwartet mein Mobiltelefon klingelt. Es gibt Schöneres als in einer Übung gestört zu werden, aber gut, dafür hat man so ein Gerät ja. Damit man, unter Umständen und wenn unbedingt nötig, erreichbar ist.

Also, Übung unterbrechen und das Gespräch, dank drücken einer entsprechenden Taste, annehmen. Meine Mutter. Sie war schon am Erzählen, aber nicht in das Telefon, sondern zu einer sonstigen Person. Meiner Tante, aber ich greife vor. Diese Info sollte sich mir erst später erschließen. Also, was nun?

Ich brüllte ein paar Mal, »MAMA!« in das Gerät, damit meine Mutter merkt, dass da noch Jemand, wenn auch unfreiwillig, in ihr Gespräch involviert ist. Nutzte nix. Also begann ich total atonal in das Telefon zu pfeifen, da gerade für Leute mit, ich sag mal, nicht mehr ganz so gut arbeitenden Ohren, ein Pfiff eher wahrgenommen wird. Ich kenn mich mit schlechtem Gehör ganz gut aus, leider, bin da quasi ein Experte im schlecht hören. Sie bekam meine fernmündliche Anwesenheit, dank drahtloser Kommunikationstechnik, nicht mit.

Wenn ich das hier so aufschreibe, dann klingt das schon noch nach Science- Fiction, zumindest nach den ganz alten ‚Enterprise'- Folgen. Bloß, dass ich mein Telefon nicht mit dem Befehlswort »Kommunikator« aktiviere.

Egal, aber irgendwie abgefahren ist dieses mobile Telefonieren, gerade in Ausnahmesituationen wie dieser, zuweilen immer noch. Und das, obwohl ich schon seit circa 2004 ein solches Teufelszeug mein Eigen nennen darf.

Irgendwann, nachdem meine Mutter immer noch nicht gemerkt hatte, dass sie mich unbeabsichtigt mit ihrem Anruf belästigt hatte, legte ich also leicht genervt und etwas erschüttert auf.

Nächster Morgen, gegen Neun: und damit beginnt die eigentliche Geschichte.

Natürlich war ich neugierig wie »Schmidts Katze« und wollte sobald wie möglich wissen ob meine Mutter ihr Missgeschick mittels Mobiltelefon mitbekommen hatte; - also später. Außerdem wollte ich natürlich auch ganz allgemein wissen was los war.

Ich rief sie also mit meinem, mehr oder weniger, modernen Wunderwerk der kabellosen, sogenannten Mobilfunktechnik an. Ich glaube ja, dass seit der Erfindung der drahtlosen der Telefonierererei Begriff »Quasselstrippe« ausgedient hat. Und Jugendliche ab ca. Jahrgang 1990 verstehen den Sinn des Wortes wohl eh nicht mehr, aber das nur am Rande.

Zurück zur Geschichte. Ich kann mir lebhaft vorstellen, dass Sie extrem neugierig sind, wie es mit meiner Mutter und ihrem Telefon weiterging.

Ich rief sie also an, gegen 9 Uhr morgens. Was sie kann, kann ich nämlich auch und das schon ziemlich lange. Um diese Zeit, gegen 9, ist die Chance extrem hoch, sie gerade noch zu Hause zu erwischen. Also auf ihrem Festnetzanschluss. Ich bin ja, was das Leute anrufen angeht, eher alte Schule. Zuerst probiere ich es bei ihnen zu Hause und nur im aller ärgsten Notfall mobil.

Ich will an dieser Stelle ganz frei und ungezwungen zugeben, dass ich die Leute und meine Liebsten im speziellen, äußerst ungern unterwegs mittels Anruf bei ihrer möglichen Aktivität belästige. Ich sagte extra ‚mögliche Aktivität. Schließlich könnten sie ja auch zufällig oder vorsätzlich irgendwo am Rumlungern sein.

Vor einem Schaufenster oder an einer Bushaltestelle zum Beispiel. Da will ich partout keine böse Absicht unterstellen beim Rumlungern. Kann ja sein, dass da was Interessantes rumliegt, im Schaufenster oder dass der bekloppte Bus Verspätung hat.

Sehen Sie, wieder mit einem potenziellen Verbrechen aufgeräumt. Rumlungern ist nicht per se ein Verbrechen. Manchmal ist es einfach ein Umstand, der sich so ergibt.

Wussten Sie, dass Jim Morrison, der Sänger der legendären Band ‚The Doors', mal wegen Herumlungern's verhaftet wurde?

Und wieder haben Sie was dazugelernt. Gut merken, diese Info könnte ja durchaus irgendwann mal wichtig sein, wenn man zum Beispiel bei Günther Jauch rumsitzt und Fragen beantwortet. Und dass er mal wegen Herumlungern's verhaftet wurde, war noch sein harmlosestes, zur Anzeige gebrachtes Vergehen, meine Meinung. Aber zurück zur Geschichte, die ich Ihnen nun wirklich erzählen möchte.

Ich hab sie erwischt, zu Hause. Meine Mutter. Und von ihrem Malheur hatte sie noch nichts bemerkt. Sie war gestern mit meiner Tante im Kino, diesen frisch mit einem

Oscar ausgezeichneten Film gucken. Nach dieser Info ergab

sich folgender Dialog:

Ich: »Ist der Film nicht arschlangweilig?«

Sie: »Wieso? Der hat doch sogar `nen Oscar gekriegt.«

Ich: »Das sagt doch nichts aus. Die ödesten Filme werden mit Oscars zugemüllt. Die sind doch alle korrupt, da in Hollywood, das ist doch schlimmer als bei der FIFA.«

Sie: »Quatsch, so ein Blödsinn, und wer bei Fiat ist korrupt? Ich glaub du spinnst.«

Ich: »Egal, hat Dir der Film nun gefallen?«

Sie: »DER HAT NEN OSCAR GEKRIEGT; DER FILM IST TOLL! Naja, ich fand einige Stellen aber ziemlich langweilig. Der Hauptdarsteller hat fast gar nicht geredet und Action war auch kaum im Film.«

Ich: »Das ist ja auch eher ein Drama mit dem Drogendealer, der da den schwulen Sohn seiner Kundin quasi aufzieht.«

Sie: »Zumindest etwas Action und Klopperei war, als er ins Gefängnis kam und einen Mitgefangenen mit nem Stuhl versemmelt hat. Aber er war ein Guter.«

Ich: »Er wurde doch selber zum Drogendealer.«

Sie: »Aber ein guter, ein edler.«

Ich: »Drogendealer sind doch kriminell.«

Sie: »Aber er war ein guter Krimineller.«

Ich: »So wie Robin Hood?«

Sie: »Quatsch, ach weißt du, guck dir den Film doch selber an, ich hab jetzt keine Lust den ganzen Film zu analysieren. Außerdem, Thorsten und Heinrich waren schwer begeistert von dem Film, aber die sind ja auch in dieser Szene.«

Ich kannte weder Thorsten noch Heinrich näher, sparte

mir aber die Frage, ob sie nun die Schwulen – oder die Dealerszene meinte.

Ich unterstelle mir, eventuell blass geworden zu sein, als ich kurz daran dachte, wer diese mobilen Gespräche alles mithört und jetzt, nach Mutters Aussage postwendend, 2 Sondereinsatzkommandos auf die Reise schickte.

Ich: »Ja, gut, dass müssen wir ja jetzt auch nicht weiter besprechen. Wenn es den Film auf DVD gibt und die den in der Bücherei haben, dann leih ich den vielleicht mal aus.«

Sie: »Dann kannst du die langweiligen Stellen ja auch vorspulen, oder aus machen, wenn der dir zu blöd ist.«

Ich: »Stimmt, gute Idee.«

Nach noch etwas Geplänkel über den Urlaub, das jeweilige Wetter und die Familie beendeten wir das Gespräch.

Schlussbemerkung: meine Mutter ist eine tolle Mutter, eine herzliche, liebenswerte und gelegentlich streitbare Person, und ich bin froh, dass es meine Mutter ist und nicht die Mutter von zum Beispiel »Hinz und Kunz«. Und diese unfreiwillige Komik, die sich gelegentlich in unsere Gespräche mogelt, möchte ich auf gar keinen Fall missen.

Dafür sind Mütter im Speziellen und Mobiltelefone als Mittel zum Zweck einfach eine ziemlich praktische Angelegenheit.

Ende

Manche Geschichten fallen aus dem üblichen Rahmen und sind trotzdem für mich und einige Leute wichtig. Die folgende ist so eine.

Lassen sie die Leute in Ruhe

Eine fiktive Geschichte, aber wohl gut möglich. Meine Frau und ich waren gerade dabei, uns über irgendwas vom Wochenende zu unterhalten. Mit ein paar, zum Glück nicht tiefkühlmäßigen Lebensmitteln, liefen wir vom Supermarkt mit einem Schlenker als ‚quasi Spaziergang', Richtung unserer Wohngegend. Dabei besuchten wir versehentlich eine Gegend, in die wir sonst eher nicht kommen. OK, kein Beinbruch und spannend obendrein. Wir kannten die grobe Richtung zu unserer Wohnung und waren guter Dinge. Gut, wir waren auch noch ziemlich platt. Es war Montag und das Wochenende bestand zum Großteil aus einer wilden Party mit viel Bier, lauter Musik und wenig Schlaf. Und das in unserem Alter, und wo wir doch sonst eher die gemütlichen Leute sind.

Die Gegend, durch die wir liefen, war jetzt nicht so der Brüller. Eine stinknormale Wohngegend, ohne nennenswerte, positive Eigenschaften. Lieblose Hochhäuser, eine runtergerockte Fußgängerzone, welche ihre Glanzzeit wohl in den Siebzigern hatte. Eine seelenlose Gesamtschule, bei der man schon eine Ahnung hat, was für traurige Figuren ohne sinnvolle Zukunft da jedes Jahr völlig planlos und total überfordert in die weite Welt geschickt werden. Ein Bau, der Suizid und Heroin in sehr verführerischem Licht erstrahlen lässt. So was hatte ich seit den Achtzigern nicht mehr gesehen. Der ganze Stadtteil wirkte, abgesehen von dem dominanten Lidl-Markt, wie eine ausrangierte Kulisse vom Chrisiane F.- Dreh, die hier, abgesehen von der Lidl-Filiale, eins zu eins ausgelagert wurde.

Also keine Gegend, wo man freiwillig existieren möchte; von Leben kann und will ich in diesem Zusammenhang gar nicht reden.

Klar waren die paar Gestalten, an denen wir vorbeikamen, nicht gerade Musterbeispiele der gesunden Mittelschicht. Ich sag mal, mehr KIK als chic flanierte da an uns vorüber. Aber pfiffige Garderobe war wohl deren geringste Sorge, ging es mir durch den Sinn. Erbärmliche Rentner quälten sich mit Tüten und Sorgen beladen von A nach B. Junge Nichtsnutze markierten in ausgeleierter Joggingkluft mit ihrem Kampfhund ihr Revier und wirkten eher bemitleidenswert als gefährlich. Für solche Art Gegend wurde in Berlin der Begriff »Ghetto« geprägt. Eine trübselige, hässliche Eckkneipe im Erdgeschoss des Hochhauses scheint der Treff derer zu sein, die sich gerade so noch einen Besuch dort leisten können.

Und am Rosenmontag ist das Highlight des Stadtteils hier wohl eine dicke Schlägerei, welche in dieser Kneipe ihren Ursprung hat und in ausufernder Gewalt samt Plünderung der Lidl-Filiale gipfelt. Dann sind alle, die nicht verhaftet wurden oder im Krankenhaus liegen, für die nächste Woche mit Billigbier und No-Name-Chips von Lidl für umme eingedeckt. Und wenn der verstaubte Fernseher noch geht, na dann kann durchaus eine lustige, entspannte Woche aus der Sause erwachsen.

Wenn man sich die Mühe einer Meinungsumfrage unter den Jungen und Heranwachsenden hier zum Thema »Pläne für die Zukunft« machen würde, wären die häufigsten Antworten wohl:

»Ich werde Alkoholiker und Hartz 4-Empfänger, wie alle in meiner Familie.«

Oder: » Ich werde Gangsterboss vom Viertel und schick hier alle Weiber auf den Strich.«

Die Mädels würden vielleicht was von »Kinderwunsch« erzählen, oder dass sie gerne bei Lidl oder KIK arbeiten möchten. Visionen und Wünsche werden in solchen Gegenden mit der Faust ausgetrieben, vom Vater, vom Kumpel, oder von allen anderen.

In dieser Gegend gibt es bestimmt noch einen Hartgeldstrich, weil jeder, der so dreist und reich ist, dass er einen Fünf-Euro-Schein in bar spazieren trägt, sofort aufgeschlitzt, ausgeraubt und in der nächsten Mülltonne versenkt wird, denke ich und gucke prophylaktisch böse in der Gegend herum.

So viel zum Stadtteil.

Und das seltsame ist, in solch einer Gegend wurde ich geboren. Damals, im Jahr 1970. Klar, da gab es keinen Lidl und auch noch kein Hartz 4, aber sonst war es fast identisch. Gut, dass meine Eltern das einzig Sinnvolle taten und mit mir und meiner Schwester weggezogen sind. Und zwar, bevor wir alt genug waren, um gemeinsam mit den anderen verlorenen Jugendlichen zum Anschaffen Richtung Bahnhof Zoo zu fahren. Hätte ich dort tatsächlich aufwachsen müssen, wäre ich jetzt bestimmt schon seit 30 Jahren tot; weil es die beste aller Zukunftsaussichten gewesen wäre. Egal, ob ich es selbst erledigt hätte oder weil das Heroin schlecht war oder weil eine Gang mit meiner Art nicht klar gekommen wäre.

Ich erzählte gerade diesen und weiterführende Gedanken meiner Frau, was sie unheimlich verstörte. Komisch, denke ich, warum freut sie sich nicht einfach, dass mir dieses mögliche Schicksal erspart geblieben ist?

Ich sinnierte weiter, dass in solchem Elend alles Schlechte nicht nur möglich, sondern extrem wahrscheinlich ist, während alles Gute kaum zu wünschen gewagt wird, weil man schon zu oft vom Leben und seinen Mitmenschen enttäuscht wurde. Klar ist das harter Stoff und ich verstehe auch meine Frau, die das alles nicht hören will, aber nur weil man sich damit nicht auseinandersetzt ist es doch nicht weniger als die lausige Realität für so viele Menschen.

Es ist doch eine seltsame Welt, überlege ich mir. Jeder grenzt seine Wünsche, Träume und Hoffnungen selbst ein und verändert eventuell alle paar Jahre mal den Grenzverlauf. In diesen Gegenden, denke ich, sind Babys weniger Wunsch und Hoffnung für die Zukunft, eher ein Unfall oder eine Ausrede und Rechtfertigung für die eigene Existenz. Zumindest eine kurze Zeit lang.

Und dieser Kreislauf wiederholt sich, bis die Welt endgültig genug von unserer Existenz auf der Erde hat. Und recht hat sie dann, sage ich mal pauschal, auch wenn es durchaus um einige Menschen und deren Wirken und Werk, um deren Träume und Gebete sehr schade sein wird. Aber wenn man das prozentual hochrechnet, wird es nur eine sehr bescheidene Zahl weit hinter der Null vor dem Komma sein, um die und für die es letztlich wirklich schade ist.

Kommt mir das nur gerade im Moment, in diesem Stadtteil, mit diesen Gedanken so vor? Sehe ich morgen oder später zu Hause, das alles wieder ganz anders?

Ist die Welt und der Mensch wirklich so? Sehe ich gerade kurz klar oder ist mir mal kurz mein Blickwinkel verrückt?

Manchmal bin ich mir nicht ganz sicher.

Ende

Und zum Abschluss des ersten Blocks noch eine kurze, aber dafür sehr kontroverse Düsseldorf Geschichte.

Regenwetter

Es ist schon erstaunlich, wie sich manche Gestalten im öffentlichen Raum bewegen. Ich muss dazu sagen, dass ich vom Balkon und aus dem Schlafzimmerfenster eine ganz gute Sicht auf einen repräsentativen Querschnitt der Gesellschaft habe. Gegenüber ist ein Altersheim, im Einzugsgebiet ist eine Schule und ein Kindergarten und ein paar berufstätige Leute wohnen wohl auch in der Gegend.
Und heute regnete es. Nicht nur etwas, sondern volle Kanne. Der normale Mensch hat dann ne Regenjacke, oder hat einen Schirm dabei, was ja durchaus ganz praktisch ist.

Der Jugendliche hat, was den Gebrauch von Regenschirmen und praktischer Kleidung angeht, aber noch einige Defizite, um es mal diplomatisch auszudrücken.

Da läuft dann Hannes Hip Hopper mit Hose auf halb acht und nem kackhässlichen Pullover rum, in dem sich wohl schon locker 30 Liter Regenwasser verabredet hatten. Und warum hat ihm seine Mutter nie beigebracht, dass seine Baseballmütze erstens falsch rum auf der Pickelzentrale sitzt und außerdem bei Regen völlig dumm ist.

Ok, als junger Blödmann will man ja cool sein. Nur, sonderlich cool wirkte er nicht, als er, wie eine misshandelte

Büroklammer, an meinem Schlafzimmerfenster vorbeihastete.

Auch die überschminkten Schulhofluder hatten bei diesem Wetter einiges an Glamour- Faktor eingebüßt.

Wie ein geprügelter und verheulter Clown sahen sie aus, als ihnen kiloweise Schminkkram vom Gesicht floss. Und ne wattierte Jacke mit Kunstfellkragen ist auch nicht gerade die richtige Garderobe, wenn der Himmel mal eben die Schleusen aufreißt. Auch da sammelt sich das Wasser wie in einem riesigen, ausgehungerten Schwamm. Na, wenigstens der Minirock aus Plastik geht als regenfest durch.

Die Rentner sind, was den Gebrauch von Regenschirmen angeht, im Laufe eines langen Lebens gut geschult, aber wehe, der Wind weht dazu. Dann fliegt schon mal die Kopfbedeckung ins Nirgendwo oder der Schirm verabschiedet sich gen Himmel, bevor man ihm noch einen schönen Abschiedsgruß hinterher murmeln kann.

Ist es Sturheit, eine ‚leck Arsch'- Einstellung, oder ein ausgeprägter Todeswunsch, dass der Tattergreis von heute auch im schlimmsten Orkan das heimelige Altersheim verlässt, um mal eben ein paar Stunden durch die Fußgängerzone zu schlurfen?

Manche wanken in den Sturm, um dort für unbestimmte Zeit verloren zu gehen. Einige werden dann Wochen später im Rhein treibend wiedergefunden, und das sind noch die, die Glück hatten.

Und wenn dann, zum Sauwetter auch noch, wie zum Beispiel an diesem Tag, Weiberfastnacht ist, also irgendwas mit Karneval und Verkleiden, dann wird es richtig schrill.

Da rennen dann, dem Wetter zum Trotz, die Leute als

Känguru, geile Krankenschwester oder als Zwiebelsuppe verkleidet, Richtung Altstadt und es ist allen scheißegal, ob es regnet, schneit, oder eigentlich Weltuntergang ist.

Denn wer als Düsseldorfer zu diesem Termin nicht verkleidet ist, der ist verdächtig. Dem hetzt man am besten die GSG 9 auf den Hals. Wer weiß, was der plant. Kann man ja gar nicht vorsichtig genug sein.

Und was mache ich bei diesem üblen Mistwetter?

Das richtige, ich bleibe drinnen und guck mir die vorbeihuschenden Figuren an und denk mir meinen Teil.

Ende

Ein paar Witze für zwischendurch

Manchmal sitzt man in geselliger Runde beisammen und irgendwer erzählt `nen Witz. Das geht dann so reihum und wenn man an der Reihe ist hat man keinen auf der Pfanne, ganz schön blöde Situation.

Aber, das war einmal. Hier sind ein paar frische Witze, mit denen auch Du der nächste ‚Fips Asmussen' der Party sein kannst!

Welches Huhn hat in dem Film ‚Casablanca' mitgespielt?
Huhn Frie Bogart

Was finden Veganer voll eklig?
Wurstfinger

Welchem Tier wurden die Hartz 4 Leistungen gekürzt?
Dem Faultier

Welches Tier hat echt Angst vor dem Drogen Fahnder?
Das Stofftier

Was ist ein Fettsack im Supermarkt?
Dick im Geschäft

Welches Pferd ist voll eklig?
Der Schimmel

Rock-Geschichten

Vorbemerkung:

Manchmal lese ich im Vor- und Zwischenprogramm von Bands oder Musikern, was zwar anstrengend, aber auch unheimlich spannend ist. Die Herausforderung vor einem Konzertpublikum aufzutreten ist viel größer, da die Leute auf Musik eingestellt sind und erst mal gar keinen Bock auf einen Typen haben, der da Geschichten erzählt.

Das tolle ist aber, dass ich ein völlig neues, unverbrauchtes Publikum vor mir habe, das es zu begeistern gilt. Klar, das klappt nicht bei Jedem, aber doch erstaunlich gut. Natürlich ist bei einem Rock Publikum eine andere Geschichten und Textauswahl nötig, als wenn ich vor einem Literaturpublikum lese. Zum Glück bin ich, was meine Auswahl angeht, breit aufgestellt. Und wenn wir letztlich alle gemeinsam eine gute Zeit haben, dann kann das nichts schlechtes sein.

Und nun viel Spaß mit meinen Rock Geschichten, wer keine Lust darauf hat kann gerne draußen eine rauchen gehen und quatschen, aber ihr verpasst was, hier gibts jetzt richtig cooles Zeug.

Natürlich darf auch bei einem Rockmusik Set eine amtliche Pflanzengeschichte zur Einleitung nicht fehlen. Dies hier ist eine ganz frühe.

Bob der Bonsai

Tja, was soll ich sagen, er lebt. Es geht ihm gut, aber ich hab ihn erst heute gekauft und ihn Bob genannt, obwohl ich noch gar nicht weiß, ob Bob ein Junge ist. Er ist schon sechs Jahre alt, zugegeben, noch nicht sehr alt für ein kleinwüchsiges Bäumchen, trotzdem schrecke ich vor der Grausamkeit zurück ihm, quasi, die Hose runter zu ziehen, um nachzusehen, ob er einen Zipfel hat. Wahrscheinlich nicht, wäre wohl der erste Baum mit spezifischem Geschlechtsteil, eine Weltsensation. Reich und berühmt würde ich mit ihm und seinem Ding werden, verdammt reich, darauf könnten Sie sich, im Zweifelsfall verlassen.

Wie aber eingangs erwähnt, schaue ich nicht nach, auch nicht, wenn wir uns etwas besser kennen. Es gibt, auch in der intimsten Freundschaft Dinge, wie sein Ding, die mich nichts angehen. Punkt. Was ich jedoch weiß, er ist ein Mangobäumchen. Ein hübsches Exemplar. Er trägt sogar eine Frucht, welche ich ihm nicht einfach so abreiße, der Gärtner würde ernten sagen, ich bin aber weder das, noch ein Bauer. Obst pflücke ich nicht vom Feld, ich erwerbe es im Supermarkt. Es ist in Folie eingeschweißt und die Äpfel sind eingewachst, damit sie glänzen wie ein Rockstar vor dem Drogentod.

Ich stehe nicht mit dem Hahnenschrei bei Düngegestank auf und ich gehe auch nicht mit den Hühnern ins Bett, ich bin kein Bauer, oder, um es politisch korrekt auszudrücken, kein Landwirt und auch nicht sein Gehilfe.
Zurück zu Bob, sein Wurzelwerk beginnt überirdisch, was der Züchter unter Verwendung von Steinen erreicht hat. Ich mag Bäume, ehrlich, auch wenn das eine, zugegeben, etwas radikale Einstellung ist, ich kann es nicht ändern. Schon mal über eine Baumpatenschaft nachgedacht? Fragen einen andere Radikale, freie Radikale, quasi, einfach deshalb, weil sie noch nicht verhaftet wurden. Wenn man denen mit Nein antwortet, ist man angeschissen, zack, hat man irgendeinen Wisch unterschrieben, das war dann der lebenslange Dauerauftrag über siebzig Euro monatlich, damit ein Harz 4 Opfer dann jede Woche den Baum gießt, wäscht und streichelt. Stirbt der Baum, gibt's für den armen Harz 4 Teufel Prügel vom Berliner Ordnungsamt, außerdem werden ihm die letzten Cent weg gestrichen, weil er mutwillig seinen Arbeitsplatz gefährdet hat.
Düstere Zeiten stehen vor der Tür, steht in der Bildzeitung. Was soll ich davon halten? Nichts, ist mir egal, wirklich, ohne Scheiß. Ich bin in diesem Punkt zu wenig informiert um Angst haben zu wollen.
Nun habe ich mich erfolgreich davor gedrückt mehr über den Hobbit Baum zu berichten, tut mir leid.

Ende

Bei manchen Geschichten merke ich schon beim Schreiben, dass da gerade etwas magisches passiert. Wie bei dieser hier.

Motörhead in Zimmerlautstärke

Es war ja nicht immer ganz einfach als Jugendlicher in einem kleinen Zimmer mit einer phonstarken Stereoanlage und den neuen Platten. Es war immer eher so, dass der kleine Durchdreher, also ich, aufdrehte und meine Eltern etwas dagegen hatten und das auch umzusetzen pflegten. Soll keiner sagen, dass ich als junger Punk nicht meine Kämpfe auszutragen hatte.

Sagen wir mal, es war ein ganz ordinärer Dienstag nach meinem 14ten Geburtstag. Ich hatte ordentlich Geld übrig und war nachmittags bei Ton & Welle, dem großen Plattenladen am Kudamm, und hab mich mit guter Musik eingedeckt. Kein Beinbruch, sollte man meinen, aber Punk und Hardrock ist keine Musik, die man mit gespitzten Ohren leise hört. Nun, mir war das klar, nur meine Eltern konnten und wollten das nicht verstehen.

Kaum war ich mit meinen neuen Schätzen zu Hause wurden die neuen Platten getestet. Ob auch alle Noten und Texte drauf sind und mich der Plattenverkäufer nicht übers Ohr gehauen hat und die Lieder sind nur verstümmelt auf den Platten. Da gab es ja Erzählungen und Gerüchte, damals in den 80gern.

Ich könnte Euch da Geschichten erzählen....

Mach ich jetzt aber nicht. Hier geht es um eine andere Geschichte, nämlich die, die ich jetzt weiter erzählen werde.

Also, die Anlage eingeschaltet und die Platten auf dem Boden ausgebreitet. Welche will nun als erste gehört werden?

Meine alten, unschuldigen Eltern saßen Kekse mümmelnd im Wohnzimmer und hörten Liedermacher in Zimmerlautstärke. Ist ja ihr Problem, könnte man meinen. War es ja auch, bis die erste Platte auf meiner Anlage loslegte und ihre Gehörgänge in Panik versetze. Wenige Sekunden später flog meine Zimmertür auf und ich starrte in wutverzerrte Gesichter. Verstehen konnte ich kein Wort, aber als meine Mutter mäßig geschickt, aber dafür sehr ungeduldig, am Tonarm des Plattenspielers zerrte wurde ich etwas weniger cool. Da lag Gewalt gegen Vinyl in der Luft, so viel war schon mal klar. Und Platten wehren sich gegen Zorn und Hass eher sehr selten. Auch das ist eine Tatsache.

Nachdem ich das gute Stück Vinyl vor derben, nie heilenden Kratzern rettete, deeskalierte ich die Lautstärke, um es mal audiophil auszudrücken. Nun konnten wir einander verstehen und wirkten nicht wie bekloppte Pantomimen, welche zum Soundtrack von ‚Motörhead' wild gestikulierten und dabei wirkten, wie ein real gewordener Loriot-Sketch.

Meine Mutter hatte auch gleich eine extrem kluge Frage an mich.

»Was ist das für ein hässlicher Lärm?« Nun, diese Frage war schnell beantwortet.

»Das ist Motörhead.«

Die nächste Frage kam von meinem Vater und war nicht

ganz so fix beantwortet.

»Und warum muss der Krach so laut sein?« Seltsame Frage, nicht ganz einfach zu beantworten. Ich versuchte es trotzdem.

»Na, wäre die Musik leiser, dann wäre hier kein Krach und ihr hättet keinen Grund mich anzuschnauzen.«

Humor ist eine sehr rare Pflanze, welche nicht immer gleich als solche erkannt wird.

»Werd mal nicht frech, junger Mann. Hier herrscht immer noch die gegenseitige Rücksichtnahme.«

Nun, zumindest das war mir neu. Schließlich war es ja eher so: auf meine Bedürfnisse wurde eher nicht Rücksicht genommen, aber ich war ja auch nur der kleine bunte Penner, der nicht arbeiten ging und als Ausrede die Schule anfügte. Nun starrte mein Vater die Plattenhüllen an.

»Was ist das überhaupt? Modderhed? Bekloppter Name, kenn ich nicht, sieht aber bescheuert aus. Und das? Sex Sisters? Na was ist das denn für ein Schweinkram? Ne Sexplatte? Wird da gestöhnt? Wer hat dir das kranke Zeug überhaupt verkauft? Den müsste man anzeigen, den perversen Sextäter den.«

Ich versuchte umständlich darauf aufmerksam zu machen, dass ihm seine Augen da einen kleinen Streich gespielt hatten, aber das Urteil war gefallen und eine Meinung gebildet, egal was ich sagte. Appelle an den gesunden Menschenverstand meinerseits waren sinnlos. Ich war das kranke Schwein, das sich Sexplatten anhörte.

Hätten sich die ‚Sex Pistols' nicht einen anderen Bandnamen aussuchen können? Egal, ich fühlte mich unschuldig und schlecht behandelt. War ihnen zum Glück egal.

Die Pistols-Platte wurde einkassiert und ‚Motörhead' durfte

nur noch in Flüsterlautstärke abgespielt werden.

Als ich meinte, dass ich mich wegen dieser Schikane an Amnesty International wenden würde, wirkten meine Eltern kurz irritiert, dann meinten sie, dass sie es darauf ankommen lassen würden.

Klar fühlte ich mich missverstanden und oft schlecht behandelt, aber auch das gehört wohl zum Punk-Werden dazu. Wenn alles nur Zuckerwatte gewesen wäre, hätten wir uns keine Ellenbogen antrainieren müssen um uns zu behaupten. Dass diese Debatten so lästig wie sinnlos waren, war mir klar, aber meinen Eltern war und ist so was völlig egal.

Irgendwie bleibt man immer das bekloppte Kind, welches im Ernstfall rumgeschubst werden kann, ist zumindest manchmal mein Eindruck.

Gut, Wochen später machten mich meine Eltern darauf aufmerksam, dass die ,Toten Hosen' im Fernsehen liefen. Das war nett, änderte aber nichts an der konfiszierten Sex Pistols-Platte. Da waren meine Eltern konsequent. Das Album liegt bestimmt immer noch irgendwo ungespielt rum und harrt der Dinge, die da eventuell irgendwann mal kommen.

Seit mittlerweile über 30 Jahren.

Und trotzdem bin ich der Meinung, gute Eltern abbekommen zu haben. Vieles wussten sie schlicht nicht besser. Böse gemeint war wohl eher das Wenigste. Und dass sie immer noch nicht wissen, dass es eine Band namens ,Sex Pistols' gibt und ich nun endlich meine Platte wiederbekomme, na, da sag ich mal, Schwamm drüber. Es sind liebe, herzliche Leute und das ist doch letztlich das Wichtigste. Sie sind immer liebevoll miteinander umgegangen und waren somit ein gutes Vorbild.

Über Musikgeschmack und über Lautstärke kann man noch immer gut streiten, muss man aber nicht.

Ende

Eine schöne alte Geschichte mit
fantasievoll, biografischen Bezügen.

DIE KELLERGEISTER

KARIN ★ RECKE ★ JENTE ★ INGO ★ MICHEL ★

Ich und Jim Morrison, mitten in Kreuzberg

Jim Morrison stand an einer Straßenlaterne, mitten am Tempelhofer Ufer in Kreuzberg. Es war junger Nachmittag, so gegen zwei. Der Regen machte eine Zigarettenpause und Jim kotzte sich die Seele aus dem Leib. Mit der Rechten klammerte er sich an eine Literflasche billigen Rotwein, die Linke hatte er gegen die Stirn gepresst.

Kotze kleckerte auf seine nackten Füße, das schien ihm aber egal zu sein. Ich wartete auf den Bus Richtung Warschauer Straße und sah mir das Spektakel an. Als er fertig war, nahm er einen kräftigen Schluck gegen den üblen Geschmack im Hals, dann goss er sich etwas Wein über die vollgekotzten Füße. Er hatte einen rauschenden Vollbart und seine dreckige Schlangenlederhose an, dazu ein sandfarbenes, viel zu weites Hemd, an dem schon einige Knöpfe fehlten. Alles in allem sah er wie ein heruntergekommener Jesus mit Bierbauch aus und ich fragte mich, wer ihm das ganze Karma geklaut hatte. Den Bus ließ ich ohne mich auf die Reise gehen. Ich meine, schließlich war das Jim Morrison und er war betrunken, in Krankenpflegerdeutsch eine hilflose Person. Ich ging auf ihn zu und blieb einige Schritte vor ihm stehen. Er schleppe jede Menge widerliche, menschliche Gerüche mit sich rum, er brauchte eine Badewanne, eine Waschmaschine und einen Freund, juhu, da bin ich.

»Hey, Alter, alles OK bei Dir?« Eröffnete ich das Gespräch. Erschöpft sah er mich von unten an, da er noch leicht zusammengekrümmt vor der Laterne kauerte und seine Kotze angestarrt hatte. »Geht so, ging mir schon besser«, lallte er mit schwerer Zunge, dann streckte er mir seine Hand hin.

»Ich bin Jim, Schluck Wein?« Er packte meine Hand und schüttelte sie, seine Linke schoß vor und drückte mir den Rotwein in die Hand. Aus reinem Reflex nahm ich die Flasche, setzte sie an und trank.

»Ich bin Paul, schön, dich mal kennenzulernen, ich hab in Paris dein Grab besucht.« Betretenes Schweigen machte sich breit, immer rein in die Fettnäpfchen, dachte ich.

»Ja, mein Tod, ich weiß, aber egal…«, murmelte er und wurde etwas lebhafter.

»Und, was machst du hier, 2004 in Berlin?« Er lächelte. »Das ist eine lange Geschichte, lass uns was zu saufen holen, dann erzähle ich dir vielleicht was davon, Paul, du kennst dich doch aus, zeig mir deine Stadt.« Er klopfte mir auf die Schulter und dann trabten wir los. Es war Samstag und bei einem Zeitungsladen kaufte ich eine Flasche Rotwein mit Schraubverschluss und sechs Flaschen Berliner Pilsener. Sternburger Export wäre zwar günstiger, aber das war immerhin Jim Morrison und ich wollte ihm das beste Bier anbieten, zu welchem Berlin in der Lage ist.

Neben der Amerika Gedenkbibliothek setzten wir uns in den Park, an seinen Geruch hatte sich meine Nase gewöhnt und bei einem zwielichtigen Typen hatte Jim sich noch ein paar Drogen gekauft. Erst hatte der Kerl rumgezickt, als Jim ihm zwei fünfzig Dollarscheine gegeben hat, aber seine Kumpels meinten, dass die Scheine echt aussehen und Jim blieb die ganze Transaktion über gelassen wie ein Stein. Ich lehnte dankend ab, als er mir den Joint hinhielt.

»Mein Arzt meint, das sei Psychose fördernd«, erklärte ich und öffnete mir ein Bier. Wissend sah er mich an.

»Ich hätte dir ein paar Pilze kaufen sollen«, murmelte er und inhalierte tief. Lange sprachen wir über Gedichte und über Lieder, natürlich trug ich ihm einiges von mir vor.

»Du bist auch ein Dichter«, meinte er. »Ich? Nein.«

Lange sah er mich schweigend an. Ich bin doch kein Dichter, ich schreibe Gedichte, aber das wäre in meinen Ohren etwas dick aufgetragen, eine kuriose Form der Amtsanmaßung.

»Nun, was machst du hier? Ich sehe zwar, dass du hier bist und dass du, du bist, aber ich verstehe das nicht ganz.«

Melancholisch lächelte er, er sah mir lange in die Augen, es schien, als ob er überlegte, ob ich diese Geschichte begreifen könnte.

»Gut, ich werde es dir erzählen, also, hör mir gut zu. Ich bin tot, so wie viele andere ganz gute Musiker und Künstler. Wir finden uns aber nicht einfach damit ab, uns gegenseitig ein paar Songs vorzuspielen und so haben wir in einer gemütlichen Nacht beim Kartenspielen mit dem Tod etwas überlegt. Wir haben mit ihm Karten gespielt und ihn gnadenlos ausgetrickst. Er steckte also ziemlich in der Scheiße und um da wieder raus zu kommen, muss er uns jedes Jahr ein Mal für drei Tage auf die Erde schicken und in kleinen Clubs spielen lassen. Jedes Jahr dürfen acht von uns runter und dann machen wir gemeinsam Musik. Jeder hat vier Songs, es wird also ein buntes Programm von unseren Songs geben. »The dead Allstars«, und nun sind wir in Berlin, letztes Jahr haben wir in Oslo gespielt, das war schon geil.«

Gebannt hörte ich zu.

»Und wer ist diesmal mit dabei?«

»Also, wir vier von dem Pokerabend sind immer dabei, ich, John Lennon, Elvis und Kurt Cobain, dieses Mal sind ein paar frische mit dabei, Johnny Cash, Joey Ramone, Joe Strummer, und Jimmy Hendrix ist auch mal wieder mit dabei. Wir sehen dann immer zu, dass wir Songs spielen, welche in dieser Gruppe funktionieren, beim Soundcheck vorhin habe ich mich mit Johnny gestritten, mir ist der Kragen geplatzt und ich hab mich verdrückt, na ja, nun bin ich hier, aber, keine Panik, heute Abend bin ich wieder fit.«

Er starrte in die Landschaft und trank einen Schluck Bier. Kurz sammelte er sich und erzählte weiter.

»Es ging um die Reihenfolge der Songs, keiner will den Abend eröffnen, jeder will den letzten Song singen, ich finde, ich habe das Recht dazu, den Abend mit »The End« zu beenden, Johnny hat aber darauf bestanden, die Bühne mit »I walk the line« zu verlassen. Und dann kommt noch Joey Ramone und will das Konzert mit »What a wunderful world« beenden. Ich hab damals das Ganze eingefädelt und es ist Tradition, dass ich das Konzert beende, fertig. Jeder hat vier Songs, zwei legen wir vorher fest, den Rest improvisieren wir, je nach Laune. Joe eröffnet das Konzert mit »London Calling«, das geht gut ab und bringt die Leute in Stimmung, dann kommt Kurt mit »Smells like teen Spirit«, und ich bin dann mit »Light my fire« dran, um die Leute dann wieder etwas runter zu holen, singt dann Elvis »In the Ghetto«. So fängt heute die Tracklist an, wenn du Lust hast, setze ich dich auf die Gästeliste, wird bestimmt ziemlich voll. Erst kommen nur ein paar Kneipenleute und wenn die dann sehen, wer da alles auf der Bühne steht, dann geht es los, die rufen ihre ganzen Freunde an und nach zehn Minuten kommt kein Mensch mehr rein. Die Hütte ist dann immer zum Platzen gefüllt. Damit die Leute sehen, was los ist, machen wir noch einen kleinen Soundcheck, der nicht nötig ist. Bevor das eigentliche Konzert losgeht, spielen wir zehn Minuten, ein Medley, in dem jeder von uns einen seiner Hits ansingt, dann gehen wir noch mal kurz von der Bühne und dann bricht die Hölle los....«

Ich hörte mir seine Geschichte an und war erschüttert. Hätte ich vorhin nicht zufällig auf den Bus gewartet, hätte ich heute Abend den besten Mix an Musikern verpaßt, und nun drückte Jim mir einen Backstagepass in die Hand, eine schwarze Plastikscheibe, auf der in weißer Schrift stand »The dead Allstars«, darunter stand Berlin Columbia Fritz, 2004.

Zwei Straßenmusiker kamen mit ihren Gitarren vorbei, ich bot ihnen ein Bier an und sie setzten sich zu uns. Ich fragte sie, ob sie was von den Doors spielen könnten, sie begannen ihre Gitarren zu bezupfen und Jim fing an zu singen, »this ist the end, beautyful friend, this ist the end, my only friend, the end....

Ende

Zwei mal Tommy mit Soda

Was für ein verrückter Zufall, dachte ich noch, als ich hörte was meine Frau zu mir sagte, nachdem ich Ihr von meinem Traum erzählt hatte.

In Kurzform erzählte ich ihr von meinem Erlebnis. Ich hatte irgendeinen wirren Traum, in dem Tommy Molotow, nicht weniger als der Sänger der Punkband »Molotow Soda«, eine zentrale Rolle spielte.

So weit, so ungewöhnlich.

Nun kommt aber der Knaller. Mogan hatte auch einen seltsamen Traum, in dem ein gewisser Tommy Molotow eine nicht unerhebliche Rolle spielte. Gut, die verrücktesten Geschichten passieren ja im sogenannten »Real Life«. So was würde sich doch kein vernünftiger Mensch ausdenken, würde ja eh keiner glauben.

Wir reden hier schließlich von Tommy Molotow.

Gut, wir hatten beide einen intensiven Traum von Tommy Molotow, das ist an sich schon ne sehr seltsame Grenzerfahrung.

Nun muss ich aber dazu sagen, dass wir gerade frisch eine Baustelle vor der Tür und vor den Fenstern hatten. Also, das volle Programm, mit Dixi-Klo und Gerüst vor dem Schlafzimmerfenster. So richtig mit Lärm, Krach und Dreck. Und lauter Bauarbeiter, die fröhlich, oder zumindest schwer beschäftigt an unserem Schlafzimmerfenster vorbeiwerkelten.

Und in solch einer Situation ist dann so ein gemeinschaftlicher Traum in dem Tommy Molotow vorkommt, vielleicht gar nicht mehr so eine bizarre Besonderheit.

Vielleicht geht das massenweise, oder gar allen, von ,Baustellen betroffenen Menschen, auf der ganzen Welt genau wie uns.

Viele Leute vergessen ja ihre Träume, bevor sie den zweiten Fuß aus dem Bett auf den Boden gestellt haben.

Oder sie denken sich: »Ich träume von einem älteren, bunten Punker«! Wenn ich das jetzt meiner Frau erzähle, dann lässt die mich doch sofort entmündigen, oder sie lässt mich auf unbestimmte Zeit in einer Klinik einsperre. Oder, noch schlimmer, sie hält mich für pervers, oder altersängstlich oder für noch Schlimmes.

Na, da kann ich schon verstehen, dass Leute, denen die Punk-Szene und Tommy Molotow völlig fremd sind, lieber nicht über ihren wilden Nachttraum reden. Erst recht und im Besonderen mit ihrem Partner.

Und das träumende Eheweib wird ihren Traum von Tommy Molotow vielleicht auch lieber ihrem Gatten verschweigen. Könnte ja sein, dass in dem wirren Haufen nachtaktiver Gehirntätigkeit eine rasch verdrängte, sexuelle Komponente war, an die sie sich nur nicht mehr erinnern kann.

Und selbst wenn da keine war, was könnte ihr Mann da ihr nicht alles unterstellen, wenn sie jetzt plötzlich nicht nur von älteren Punkern träumt, sondern das dann auch noch ihrem Gatten aufs Brot schmiert. Kann sie ja nicht wissen, dass eben dieser Punker aus dem Traum auch bei ihrem Mann im Schlaf zu Gast war.

Nur wissen die halt nicht, dass das Tommy Molotow war,

quasi der ‚Lemmy' des Deutschpunk.

Daher haben sie es dann schwerer, ihre Träume zu deuten und zu vergleichen und somit eher weniger Grund sich eventuell zu wundern. Wenn beide ihren Traum für sich behalten, ist es ja, als wäre nichts gewesen.

Aber, wenn dann da zwei Leute wären, sie sich das erzählen.

Ich meine, wenn da zwei normale ältere Bürger, welche noch so frei und mutig sind, sich gegenseitig ihre wirren Traumfetzen zu erzählen, wie könnte das dann aussehen?

Die Bauställe lärmt, Schutt und Dreck überall, morgens mit den Dachdeckern vor ihrem Fenster. Sie erwachen beide mehr oder weniger zeitgleich. Dann sagt sie vielleicht, so sie sich denn daran erinnert.

»Karl- Heinz, ich hab ja was Verrücktes geträumt. Und nicht nur das, da war auch noch so eine ältere Punkergestalt, die irgendwie im Traum wichtig war.«

Und er, so es sich denn um ein getrennt geschlechtliches Paar handelt.

»Jaa, Hannelore, kümmer dich doch erst mal um den Kaffee und das Frühstück, bevor du mir solchen uninteressanten Mumpitz erzählst.«

Dann wird der Typ im Pyjama sich vielleicht am Kopf kratzen und eventuell murmeln.

»Na sowas, ich hab auch was Intensives geträumt, wo so ne seltsame, bunte Type ziemlich massiv unterwegs war.«

Dann wird er sich vielleicht fragen ob sie gestern irgendwas Merkwürdiges im Fernsehen gesehen hatten, ohne das richtig mitzubekommen.

Aber spätestens, wenn das Frühstück verdrückt, und die Zeitung zur Hälfte durchgeackert ist, ist der komische Doppeltraum vergessen.

Ich hab mir den Traum ja auch nur deshalb gemerkt, weil ich A: Tommy Molotow kenne und schätze und B: weil ich mir diesen verrückten Spektakeltraum sofort, noch vor dem Zähneputzen aufgeschrieben habe.

Ende

Demnächst:

Wie alles begann

Es war einmal, an einem unscheinbaren Dienstag, im August, 1977 als Elvis starb. Ein Ereignis, das die Welt für einen kurzen Moment ins Wanken brachte.
Es war etwa einen Monat vor meinem Siebten Geburtstag und im Radio und dem damals noch eher unaufdringlichen Fernsehen wurde darüber berichtet. Meine Eltern mochten ihn, einige Platten gab es in ihrer Sammlung und sein Ableben erschütterte unsere kleine Welt, wie wenn ein ferner, aber sehr gemochter und talentierter Verwandter, sinnloser Weise und viel zu früh verstorben wäre. Mir war schnell klar, dass ich dieses Ereignis auf meine eigene Art verarbeiten musste. Am besten mit einer witzigen Biografie, um der Situation ein wenig von ihrer Tragik zu nehmen.

Am folgenden Wochenende besuchten wir Freunde meiner Eltern, welche eine Schreibmaschine hatten. Aus dem umfangreichen Beiheft einer Elvis Plattenbox meiner Mutter hatte ich die nötigen Infos, um meine Idee mit einigen Fakten zu füttern. Wusste ich doch nun, wann er wo geboren wurde und aufgewachsen war. Wie es zu seiner ersten Aufnahme kam und was der junge Elvis so beruflich tat. Den Rest würde meine Fantasie erledigen.

Während die Erwachsenen rumsaßen und über irgendwelchen Kram redeten, saß ich in einem anderen Zimmer vor der Schreibmaschine. Einen ordentlichen Stapel Papier hatte ich auch, der nur darauf wartete mit meiner fiktiven, mit ein paar Fakten gewürzten Biografie gefüllt zu werden. Leider habe ich mein erstes Werk nicht mehr, vielleicht ist das aber auch ganz gut so. Auch den Titel weiß ich nicht mehr, vielleicht war es ein schlichter: *Elvis, mein Leben*. Oder etwas verrücktes wie: *Bevor aus dem Dorftrottel der King wurde*. Ich saß also vor dem weißen Blatt um meiner allererste Geschichte zu schreiben und gehe mal davon aus, dass das für mich ein bedeutender Moment war. Ich glaube aber, dass ich ziemlich locker an die Sache ranging. Da das ganze schon ein paar Jahre her und das Original verschollen ist, versuche ich hier eine möglichst genaue Rekonstruktion der Geschichte.

Damals gab es ja noch kein Internet, Wikipedia oder anderen Kram um sich fix mit Infos zu versorgen.

Ich war also ausschließlich auf die paar Fakten aus der Beiheft zur Platte und meine Fantasie angewiesen. *Elvis: So war es* : Elvis Aaron Presley kam am 8. 1.1935 in Tupelo Mississippi zur Welt.

Seine Eltern waren alles andere als reich, aber über ihren Sohn, den besonders die Mutter ordentlich verhätschelte, freuten sie sich. Der kleine Elvis hatte wenige Freunde, daher rannte er gerne durch die Gegend, um den auf den Feldern stehenden Kühen ein paar im Radio aufgeschnappten Country und Gospel Songs vorzusingen. Am Anfang fanden die Bauern das eher lästig und verscheuchten den singenden Pimpf, der da ungefragt ihre Rinder belästigte.

Hank, ein fetter Schweinebauer, rannte, seine Mistgabel schwingend, hinter Elvis her, der umgehend die Flucht ergriff. Er hechtete, den fluchenden und stinkenden Farmer im Nacken, über einen Stacheldrahtzaun, an dem er unglücklich hängen blieb. Der Stacheldraht riss ihm ein ordentliches Loch in die linke Pobacke. Elvis stürzte, rappelte sich panisch wieder auf und begann zum ersten mal in seinem Leben auch noch zu tanzen. Sein Hüftschwung zu dem Lied, das der Junge da zum besten gab, ließ den Bauern seinen Zorn vergessen. Er legte die Mistgabel weg und sah sich die Darbietung erstaunt an. Als Elvis sich einigermaßen wieder beruhigt hatte, klatschte der Bauer Beifall. Dann meine der Farmer.

»Mensch, Junge aus Dir wird mal was. So was hat die Welt noch nicht gesehen, also, ab nach Hause, ich denke du hast ein Pflaster nötig. Und halte dich von den Schweinen fern, sonst wird das vielleicht doch nichts mit deiner Musikkarriere.«

Der Landwirt hatte das zweite Gesicht, er war über die Dorfgrenzen als Hellseher und Wunderheiler bekannt. Elvis Mutter war sauer auf den Schweinebauern, aber Elvis hatte ein sonniges Lächeln im Gesicht und ein Ziel. Er würde weitersingen. Außerdem hatte er nun einen Tanzstil erfunden, wer weiß, wozu das mal irgendwann gut sein könnte. Als die Bauen der Umgebung merkten, dass die Kühe viel glücklicher waren, wenn der junge Elvis ihnen etwas vorsang und die Kühe sogar mehr Milch gaben, änderten sie ihre Meinung. Sie gaben dem kleinen Elvis ein paar Pennys, damit er den Tieren seine Lieder vorsang und seine Show hinlegte.

Bei einem Gesangswettbewerb in der Schule erreichte er den 5. Platz, seine Mutter war aber trotzdem stolz auf ihren verrückten Sohn und schenkte ihm, sehr zum Missfallen des Vaters, seine erste Gitarre.

Da Elvis nichts besseres mit seiner Freizeit anzufangen wusste schrieb er Lieder, übte auf der Gitarre und gab den Kühen und Schweinen kleine Konzerte, für die er sogar etwas Geld bekam. Später, als er als reudiger Lastwagenfahrer arbeitete wollte er seiner Mutter eine ganz besondere Freude bereiten und nahm in einem Plattenladen mit angrenzendem Tonstudio eine Single auf, die er ihr schenken wollte.

Gelegentlich sang er auf Partys und verdiente mit seinem Gesang etwas dazu. Immer ausgefeilter wurde seine Bühnenshow. Ein Zucken in der Lippe machte alle, egal ob jung oder alt völlig wuschig und seine verrückter Tanzstil ließ alle durchdrehen. Sein Lied ‚Thats allright' wurde im Radio gespielt und die Leute im ganzen Land wollten mehr hören, von dem jungen Burschen mit der Musik im Blut. Weitere Lieder wurde aufgenommen und Elvis wurde berühmt, was ihm aber klar war, weil ihm der Schweinebauer mit dem 2. Gesicht das schon vor vielen Jahren erzählt hatte. Auch als Filmstar machte er sich einen Namen und nun sind alle traurig, weil er, als dicker, seltsam gekleideter Schatten seiner selbst, zu früh gestorben und deshalb tot ist.

Ende

So in etwa war die Geschichte, die ich damals geschrieben hatte. Stolz wie Ostkar nahm ich die Zettel und ließ meine Eltern und ihre Freunde gleich mal probe lesen. Das Urteil war eher ernüchternd. Nix mit,«hui, das hast du aber fein gemacht.«

Es viel eher so aus:

»Was soll denn das für ein Quatsch sein, das stimmt ja alles hinten und vorne nicht. Das ist ja ein ziemlicher Murks, den du da verzapft hast.«

Das war also meine erste Geschichte, keine große Literatur, aber, - immerhin. Wenn ich das jetzt so bedenke, dann war das sogar eine amtliche Rock Geschichte.

Das Schreiben habe ich dann erst mal, zugunsten der Schule an den Nagel gehängt. War damit beschäftigt Kind und Schüler zu sein und mit durch diese seltsamen Lebensphasen durchzuwursteln. Den Beruf des Schriftstellers fand ich aber immer schon unheimlich faszinierend. Der Typ, der in seiner Bude sitzt, grübelt, schreibt, veröffentlicht wird und ordentlich Geld verdient.

Im Fernsehen sah man ja auch in Talkrunden oder vorlesend einen Autor, der da was Wichtiges zu erzählen hatte.

Kein Chef, keine festen Arbeitszeiten, keine Kollegen, einfach schreiben und darin seine Lebensaufgabe haben, dass gefiel mir unheimlich gut.

Ein paar Jahre später, in der Oberschule hatten wir einen wirklich guten Deutschlehrer, der ziemlich gut drauf war. Kein Kumpeltyp, aber einer, der offen war für die Interessen und Begabungen seiner Schüler. Ich war ja auf der strengsten Realschule von Berlin West, das war schon ne harte Institution. Für einen gezeichneten Cartoon zum Thema ‚Ende' hatte ich eine Eins bekommen, eine Note, die ich eher vom Hörensagen kannte. Karsten, ein Freund, bekam eine gute Note für seine ‚Geschichte der Punkmusik.' Später sollten wir eine Geschichte als Aufsatz zum Thema ‚Museum' schreiben. Ich war damals in meiner ‚Stephen King' Phase und schrieb eine Horrorstory. Bei der Beurteilung wurde meine Rechtschreibung freundlicherweise nicht berücksichtigt und für die Geschichte bekam ich eine 2 mit dem Vermerk, dass in mir ein Talent zum

Geschichtenerzähler und Autor schlummert. Na, das war mal ne Ansage, die bei mir auf fruchtbaren Boden viel. Im Laufe meiner restlichen Schul- und Ausbildungszeit entstanden einige Geschichten, Gedichte und Liedtexte, die vielleicht Ansatzweise etwas hatten, aber alle im Gully der Vergangenheit verloren sind.

An ein Gedicht kann ich mich noch erinnern, weil ich damit einen Kumpel und harten Hund zum heulen gebracht habe, mitten auf dem Schulhof. Das hab ich mal als dickes Kompliment und ganz klares Anzeichen für Talent für mich verbucht, der Rest ist, wie man so schön sagt, Geschichte.

Ende

Und wieder ein Trip in die
Vergangenheit, wo endet die Realität?

Beim Bäcker, Bowie

Es war nicht alles schlecht, in den 70ern in Westberlin. Klar, die Fassaden sahen aus, als wäre der Russe gerade erst abgezogen, aber egal, wir kannten es noch nicht bunter, reparierter und schöner. Die Frisuren, die Klamotten, die Tapeten, die Grundstimmung, alles gute Gründe von der Brücke zu hopsen, aber man war damals noch optimistisch. Wenn alles scheiße ist, kann es nur besser werden. Und Berlin war ja immerhin BERLIN. Der Nabel der Welt, Treffpunkt der Spione und ich besuchte gerne über das Wochenende meine Großeltern.

Die wohnten im schönen Wilmersdorf, an der Grenze zu Schöneberg. Also, in Kudamm-Nähe und doch ruhig und gemütlich. Wenn spät nachts ein interessant klingender Western im Fernsehen lief, schlief ich bei Oma und Opa. Aber erst nach Chips und Cola und dem Film. Das ging für sie Ordnung, wenn ich am nächsten Morgen zum Bäcker ging. Die waren ja nicht mehr so gut zu Fuß und die richtig tollen Kuchenteile gab es beim Bäcker in der Hauptstraße. Ein bisschen weiter weg, aber egal. Ich war noch jung, gut zu Fuß und kannte den Weg.

Nun, am nächsten Morgen war das frühe Aufstehen nicht so unser Ding. Ich ging dann also erst so gegen 10 Uhr morgens los, um dann eine viertel Stunde später beim Bäcker in der Schlange zu stehen. Das Wetter war so, wie es sich für den Sommer gehörte und ich war unterwegs. Geld und nen Einkaufszettel hatte ich auch, es konnte nichts schief gehen. Ich lief also durch die trostlosen Gassen, an Geschäften vorbei, nach denen schon damals kein Hahn mehr krähte. Ich war ein kleiner Junge ohne besondere Kennzeichen. Einfach anwesend, zumindest körperlich. Den Kopf in den Wolken, war ich schon damals ein Träumer, was ja, wie ich heute weiß, keine ganz schlechte Eigenschaft ist.

An ein paar Eckkneipen, welche immer noch oder schon wieder auf waren, musste ich abbiegen und schwupp, war ich auf der Hauptstraße. Eine geschichtsschwangere Straße. Schließlich hatte hier einst, vor dem Rathaus Schöneberg, der charismatische John F. Kennedy seinen Satz auf Deutsch gestammelt, für den ihn die deutschen Geschichtsbücher bis ans Ende aller Tage lieben werden.

Egal, alles unnützes Wissen, aber, dass eine große, locker vierspurige Straße mit Vorsicht zu überqueren ist, ist eher wichtiges Wissen. Also, gut geguckt und Lücken realistisch eingeschätzt, dann kommt man auch ohne Umweg über die Notaufnahme des nächsten Krankenhauses an sein Ziel.

»Aber, wenn das Ziel egal ist, ist auch der Weg nicht so wichtig«, sagte schon vor locker 5000 Jahren ein verwirrter Zen-Schüler und bekam eine Kopfnuss extra.

Beim Bäcker war es, wie erwartet voll. Lauter ausgewachsene Kuchenfresser warteten auf ihre Drogen. Vor mir war ein Rockertyp und ich fragte mich, ob er sich im Laden geirrt hatte. Rocker leben doch von lauter Musik, Bier und Bratwurst, was wollte der mit Kuchen? Vielleicht machte der nen Anstandsbesuch bei Oma, überlegte ich. Rocker müssen ja nicht so übel sein, wie man immer so hört. Neben dem Verkaufsraum gab es noch ein paar Tische. Da saßen noch mehr seltsame Gestalten. Ein faltiger Blonder und ein müder Hagerer, der in seinen

Kaffee pustete. Der Rockertyp bemerkte die beiden und war kurz vorm Zusammenbruch.

Auf Englisch sagte er, was ich hier auf Deutsch wiedergebe.

»David? Iggy? Manomann, toll, ihr 2 hier, beim Bäcker, voll stark!« Die Angesprochenen guckten und erwiderten:

»das ist Berlin, mein Freund,« und ignorierten ihn, bis er mit seinem Kuchenkram verschwunden war. Nun war ich angestachelt. Iggy sagte mir nichts, aber David Bowie schon. Meine Schwester hatte von ihm ein paar Platten, also war das ein Weltstar. Den konnte ich doch nicht so einfach ignorieren.

Dank meines Onkels konnte ich mit 6 Jahren schon ganz brauchbar Englisch. Der Typ war ein ausgewachsener Pessimist. Der dachte, die Bombe fällt eher gestern als morgen. Und wenn wir Kinder das überleben, dann müssen wir international rüberkommen, daher paukte er drei Nachmittage die Woche mit uns Kindern englische Konversation. Ein Umstand, der meine späteren Schulnoten nachhaltig beeinträchtigen sollte. Nachdem ich meine Ladung Kuchen hatte ging ich zu den zwei Gestalten.

»Hallo ich bin Paul und meine Schwester hat Platten von Euch.« Ich zog Iggy mit in den Lobkanon, damit dieser nicht eifersüchtig wurde. Iggy riss die Augen auf und grinste: »ist sie hübsch?«, wollte der dreiste Kerl wissen. Keine Ahnung, was ich damals antwortete. Da ich nichts Besseres zu tun hatte, quatschte ich die beiden Musiker ein paar Minuten voll. Schien die nicht weiter zu stören.

Dann fragte ich nach, was sie denn in Berlin machen. Ob sie gerade Urlaub hätte. David Bowie erzählte mir, dass sie hier in der Nähe eine Wohnung hätten und Urlaub von den Drogen und dem Ruhm machen würden. Sie waren gerade dabei neue Musik zu machen.

»Echt? Das ist ja toll. Worum geht's bei der Musik?«

»Nun, ich schreibe gerade ein Lied über die Mauer«, meinte Bowie.

»Die Mauer? Das ist doch kein Thema, die steht da einfach so rum und hat die Stadt halbiert. Das ist doch nichts, worüber man singen kann.«

»Nun, ich hab da ein paar Ideen, das wird vielleicht was, mal sehen«, sagte er, um mit mir das Thema nicht weiter erörtern zu müssen. Da fiel mir etwas ein.

»Mensch, meine Schwester hat bald Geburtstag, habt ihr Lust, da zu singen? Da gibt es dann auch Kaffee und Kuchen und meine Eltern bezahlen euch bestimmt 20 Mark Gage, wenn ihr kommt, ein Geburtstagslied und ein paar eurer Hits singt. Aber in Zimmerlautstärke, wir wohnen in einer Wohnung mit Wohnungen rings rum und die Nachbarn, ich sag mal, mit denen ist nicht zu spaßen.« Die beiden guckten sich an als hätte ich sie mit Hundescheiße beworfen.

»Wann ist denn die Party,« wollte Bowie wissen. »Na, am Samstag. Dann könntet ihr auch ihre Platten unterschreiben und zum Abendessen werdet ihr bestimmt auch eingeladen,« versuchte ich ihnen das Spektakel schmackhaft machen.

»Ach schade,« meinte Bowie.

»Am Samstag haben wir ein Fotoshooting für die nächste Platte, aber grüß mal schön.«

Na wenn das nicht nach fauler Ausrede klang. Aber wer war ich, dass ich die Erwachsenen darauf aufmerksam machte. Traurig schnappte ich mir eine Speisekarte aus Papier.

Die war nur einseitig bedruckt.

»Dann bitte hier unterschreiben,« meinte ich und pulte einen Filzstift aus meiner Jacke. Das machten sie, nachdem sie sich den Namen meiner Schwester von mir hatten buchstabieren lassen. Für Birgit, happy Birthday, Iggy Pop und David Bowie, stand da mit einer hässlichen Zeichnung, welche Iggy gemalt hatte. Nun schnappte ich mir noch einen Zettel.

»Für mich auch ein Autogramm, dann muss ich los.«

Auch das bekam ich, für Paul, war nett beim Bäcker, Iggy Pups und Dennis Bowie, hatten sie geschrieben.

Toll, dachte ich, aber die beiden lachten über ihren Ulk wie zwei hysterische Vollidioten. Ich verabschiedete mich und ging mit den Brötchen zurück zu meinen Großeltern. Die wussten weder wer David Bowie, noch wer Iggy Pop waren. Ihnen war meine Begegnung somit völlig egal. Aber meine Oma hatte mal einen berühmten Boxer beim Bäcker getroffen. Eine Begegnung, an die sie sich gerne erinnerte. Auch sie hatte sich ein Autogramm geben lassen und war wegen meiner Verspätung nicht böse.

Nun hatte ich ein cooles Geburtstagsgeschenk für meine Schwester, aber mein eigenes Ulk- Autogramm fand ich nicht so dufte. Ich fand es eher peinlich damals. Gezeigt habe ich es niemanden. Irgendwann, war der Zettel dann irgendwie verloren gegangen, was ich dann doch ziemlich traurig fand.

Nur gut, dass sich David Bowie das Lied über die Mauer nicht von mir hat ausreden lassen. Ok, wäre zwar nur ein Lied weniger auf seinen späteren »Best Of- Alben«, aber ein wichtiges.

Ende

Interview

Ort: Schnellrestaurant auf dem Hauptbahnhof Frankfurt. Herr Recke reist in zwei Stunden nach Düsseldorf. Er hatte einen langen Tag auf der Buchmesse und wirkt abgekämpft. Er trägt sein minzgrünes Bühnensakko und hat einen kleinen Rollkoffer dabei. Er trink Kaffee aus dem Schnellrestaurant und Becks Bier aus eigenen Beständen, was böse Blicke der Angestellten bedeutet. Zum Glück ist ihm das egal und somit auch nicht unser Problem. Mit 10 Euro Bestechungsgeld hatte ich das Personal besänftigt.

Für Autoren, Leser und Verleger sind die beiden Buchmessen das Highlight im Jahr. Zu keiner anderen Zeit kommen so massiv neue Bücher auf den Markt. Und im Herbst, in Frankfurt kann man schon die Bestseller für das kommende Weihnachtsgeschäft erahnen. Die Bücher, die auf der Messe am häufigsten geklaut werden, sind die, die sich in den nächsten Monaten am besten verkaufen.

Interviewer: Klaus Hoppel

Wie bist Du zum Schreiben gekommen?

Der Beruf des Schriftstellers hatte mich schon immer fasziniert. Einfach mit einem Stift und ein paar Zetteln eine Geschichte zu zaubern, das was für mich Magie. Meine ersten Geschichten und Gedichte waren reine Unterhaltung.

Wobei ich bei Gedichten eher düstere und traurige Themen

in Worte fasste, während die Geschichten lustiger und leichter verdaulich waren. Bei den Pfadfindern hatte jeder eine Aufgabe und ich war rasch der Geschichtenerzähler. Eigentlich ist es schade, dass meine alten, ersten Geschichten weg sind, mich würde interessieren, ob da schon ein paar brauchbare Ideen drinsteckten. An einige kann ich mich noch ganz gut erinnern, aber vieles ist für immer verloren.

Was passierte, nachdem das erste Buch erschienen war?

Es gab ein paar Lesungen, bei denen ich die neuen Geschichten den Leuten vorstellte. In Düsseldorf war die Release Lesung. Weiter ging es in Berlin, wo ich vor etwas größerem Publikum las. Natürlich kommen dort Freunde, die im besten Fall ein paar Leute mitbringen. Mit dem neuen Buch probierte ich auch ein paar neue Ideen aus, wie ich die Veranstaltung aufziehen konnte. Manches hat sich als gut erwiesen, anderes war nicht so einfach umzusetzen. Auf jeden Fall sind die Lesungen vor Publikum immer eine spannende, tolle Sache.

Wie war das Medienecho?

Nun, es war so gut wie nicht vorhanden. Es ist ja nicht so, dass die Welt auf mich und mein Buch gewartet hat. Ein paar Rezensionen in Zeitschriften und kleine Artikel gab es, die schön und interessant zu lesen sind, damit war es das aber auch. Heute muss man als Autor, oder als Musiker ja gleichzeitig auch sein eigenes Designbüro und seine eigene Werbeagentur sein. Klar berichte ich, zum Beispiel bei Facebook, dass es ein neues Buch gibt, oder wann und wo meine Lesungen sind. Damit muss es aber auch gut sein. Es bringt nicht viel, wenn man die Leute permanent mit seinen Sachen belästigt. Wie gesagt, informieren und darüber berichten und wer Bock drauf hat, der wird sich schon melden oder sehen lassen.

Und wie ging es weiter?

Schöne Veranstaltungen und tolle Begegnungen blieben zum Glück nicht aus. In Düsseldorf hatte ich die Möglichkeit im Rahmen von »Benrath liest« in einem kleinen, coolen Café zu lesen. Das Publikum war um einiges älter, was ich bei der Auswahl der Geschichten berücksichtigte. Es wurde eine richtig witzige, schöne Lesung, am frühen Vormittag. In Mülheim hatte ich das Vergnügen mit Zepp Oberpichler und Klaus Märkert zu lesen. Das war schon eine klasse Sache. Viele tolle Leute und Situationen haben sich im Rahmen des Buches ergeben. Das ist ja oft der wichtigere Teil, den das Schreiben und damit unterwegs sein mit sich bringt. Auch Berlin war fast immer glorreich, die Lesungen im »Cafe Restaurant Enzian« und in meiner alten Wirkungsstädte »Nachtschwärmer bei Ernst« gehören zu den ganz besonders schönen Erinnerungen. An der Stelle möchte ich mal Timm Springer für seinen Einsatz loben. Dank ihm hängen die Plakate, liegen die Flyer aus und er bringt immer einen Schwung kulturbegeisterter Leute mit.

Woher kommen Dir Deine Ideen?

Einige Ideen kommen mit dem Bus, andere sind zu Fuß unterwegs. Ich beobachte meine Umgebung ziemlich genau. Gelegentlich gucke ich in meine Vergangenheit und suche dort eine kuriose Anekdote raus, die Potenzial hat. Oft ist eine Ausgangssituation da, die ich dann zu einer Geschichte zurecht biege. Oder ist sehe oder höre etwas interessantes, das vom Thema her zu mir passt. Viele Kleinigkeiten sehe ich nebenbei und klopfe sie auf ihren kuriosen Kern ab. Wenn ich der Meinung bin, dass das was werden kann, dann schreibe ich. Manchmal brauche ich mehrere Anläufe um aus einer Idee eine Geschichte zu machen, letztlich zählt aber das Ergebnis.

Politik und politisches findet in Deinen Büchern eher am Rande statt, warum gibt es keine klaren Aussagen?

Meine Geschichten sind kein politischer Kommentar, meine Ansicht und Meinung ist schon offensichtlich, ohne, dass ich sie direkt schreiben muss. Ich habe meine Wurzeln im Punk und das ist und bleibt das Fundament, von dem aus ich die Welt und die Dinge sehe. Ein Urteil soll mal schön jeder für sich selbst bilden. Meine Geschichten sind in erster Linie Unterhaltung, was der Leser für sich daraus zieht ist seine Sache. Meine Aufgabe als Autor ist es die Wahrheit in einer Lüge zu erzählen, daraus bestehen Geschichten. Den moralischen Zeigefinger gibt es bei mir nicht.

Der große Erfolg als Autor ist bis jetzt ja noch nicht bei Dir angekommen, ist das etwas, was Dir Kummer bereitet?

Gut, dass ich seit Ende der 90er als Autor auf Bühnen mit meinen Geschichten unterwegs bin und das immer noch gerne mache und besser werde, was die Texte und Lesungen angeht ist ja schon mal ein Erfolg. Ohne meine Geschichten hätte ich wohl nicht meine Frau kennengelernt, was das größte Glück für mich bedeutet. Auch dieser riesige Schatz an guten Geschichten, die ich geschrieben habe stellt für mich einen immensen Erfolg dar. Finanziell könnte es besser laufen, klar, aber es ist ja so, dass meine Frau und ich auch so ein schönes und spannendes Leben haben. Der Rest, sollte der Durchbruch und finanzielle Erfolg noch kommen, wäre Zugabe.

Seit 2010 bis Du bei der Band Kellergeister, was hat sich für Dich als Autor dadurch geändert?

Fast alles, ich lebe jetzt in Düsseldorf, bin glücklich verheiratet und habe meine regelmäßige Literatursendung auf www.kamikaze-radio.de. Ich schreibe Songtexte und bin voll in die Bandbelange involviert. Ohne Die Kellergeister hätte ich weder meinen Verlag, Impact Books, noch meine Radiosendung. Vieles sehe ich jetzt, quasi als Teil einer Kultband, mit etwas anderen Augen. Klar nimmt die Band einige Zeit in Anspruch, aber es macht unheimlich Spaß. Was allerdings vielleicht negativ ist, seit ich mit Karin zusammen bin, ist keine neue Ute und Bernd Geschichte mehr entstanden.

Welche Autoren haben Dich am meisten geprägt?

Das ist unterschiedlich. Uneingeschränkt und sehr empfehlen ist T.C. Boyle. Zu ihm und seinen Themen fühle ich mich durchaus Seelenverwandt. Stephen King hat ja nicht nur gute Romane und Kurzgeschichten geschrieben, auch sein Buch »Über das Schreiben« war durchaus gut und wichtig für mich. Die Krimis von Robert B. Parker faszinieren mich immer wieder, egal ob die »Spenser« Reihe oder »Jesse Stone«, die kann ich ganz klar empfehle.

Die Gedichte von Hermann Hesse haben mich schwer beeindruckt, aber auch viele Songtexte haben mich geprägt. Die von Rio Reiser, Kellergeister, Johnny Cash, Willie Nelson, Heinz Rudolf Kunze, ich könnte noch ewig so weiter machen, mach ich aber nicht.

Was liest Du selbst gerne für Bücher?

Das ist nicht an ein Genre gebunden. Klar, sehr gerne Krimis und Thriller, aber auch Reiseberichte, Biografien von Musikern und anderen interessanten Menschen, Bücher über Heilung und Meditation oder Ufo Sichtungen. Lustiges, schräges, Kurzgeschichten, alles außer Kochbücher und Telefonbücher finde ich auch nicht so spannend.

Deine Lesungen sind ja, wenn auch überschaubar besucht, legendär. Wird man Dich auch weiterhin live auf den Bühnen erleben?

Sicher, das Lesen vor Publikum ist mir ein riesiges Vergnügen. Außerdem macht es Spaß mit den Leuten zu reden und eine gute Zeit zu haben. Wie viele Lesungen es werden, mal sehen, aber einen Schwung Auftritte möchte ich auch im nächsten Jahr auf jeden Fall machen. Die direkte Reaktion der Zuhörer und das Live Erlebnis ist für mich unheimlich spannend und lehrreich.

Letzte Frage, besuchst Du selbst gerne Lesungen?

Pauschal beantwortet, nein. Ausnahme ist zum Beispiel T.C.Boyle, der das sehr gut macht, oder Heinz Strunk. Einige haben es gut drauf, ihre Geschichten gut zu erzählen, so dass deren Lesungen ein wahres Vergnügen sind, nicht zu vergessen natürlich Rocko Schamoni. Aber die meisten Lesungen sind mir dann doch zu lahm, zu zahm und zu selbstverliebt. Dagegen spricht erst mal nichts, aber ich möchte mir das nicht ansehen. Nicht, wenn es sich vermeiden lässt.

Gruselkram und ähnliches

Gruselkram und ähnliches

Klar, ich bin ein Kurzgeschichtenerzähler mit schrägen Geschichten. Aber gelegentlich hab ich zu viel Stephen King und Co. gelesen, was mich dann zu Geschichten inspiriert wie den nun folgenden. Einige geistern schon lange durch meinen Kopf, andere sind völlig neu. Ich hoffe Ihr habt starke Nerven und einen robusten Magen. Das hier ist nichts für sensible Feingeister. Wer sich noch nicht volljährig hält oder mit einer blühenden Fantasie ausgestattet ist, der sollte hiermit gewarnt sein. Beim Schreiben und ausdenken einiger der Geschichten habe ich mich teilweise so sehr gegruselt, dass es eine harte Arbeit war, diese aufzuschreiben. Wer jetzt aussteigt und sagt, »nee, danke«, den verurteile ich nicht. Allen Anderen wünsche ich angenehmes gruseln.

Klar geht es wieder mit einer Pflanzengeschichte los.

Steffen, die Stinkprimel

Aus was für einem echt witzigen Haufen sich einige meiner Freunde zusammensetzen, werden Sie gleich begreifen, wenn Sie mit dieser unlustigen Geschichte fertig sind.

Was tut der Durchschnittsbürger, wenn er Geburtstag hat? Stimmt, er legt ein paar Biere kalt, bereitet etwas zum Essen vor und dann lädt man sich ein paar nette Freunde ein. Soweit nicht schlecht. Wenn es sich bei dieser Bande aber um einen Haufen Witzbolde handelt, kann der Spaß recht schnell unfreundlich werden. Ab sechs Uhr waren mir die Leute willkommen, ob mir jemand etwas schenken wollte oder konnte, war zweitrangig.

Ich jedenfalls hatte einen guten Grund, die Wohnung von ein paar Kilo Staub zu befreien und den Rest in eine wohnliche Atmosphäre zu verwandeln. Es sah recht nett aus und dass um sieben immer noch keine der Gestalten aufgetaucht war, störte mich das nicht. Ich kannte das Spiel schon, ob ich mich nun verrückt machte oder nicht; in wenigen Stunden wird das Buffet leergefressen, das Bier vernichtet sein und die Gitarre hat ordentlich Überstunden geschoben, dachte ich mir, und sollte damit recht behalten.

Irgendwann kam der erste Gast. Stinkend, weil er gut zwanzig Kilometer mit dem Fahrrad bezwungen hat, und das als Künstlerseele und kettenrauchender Säufer.

Sein stinkendes T-Shirt hingen wir zum Trocknen weg und ich spendierte ihm ein frisches aus meinem Schrank. Kaum war das erste Bier leer, klingelte es immer öfter und die

Wohnung wurde ordentlich zugeräuchert. So wie immer, wie es sich gehört. Leute kamen, schenkten mir was Tolles und ganz besonders freute ich mich über den neuen Blumentopf.

Zwar war mir die Rasse der Pflanze nicht bekannt, aber Horst meinte, dass es sich um eine Stinkprimel handelte und zwinkerte verschwörerisch seiner netten Freundin zu. Gut, Stinkprimel, von mir aus, dachte ich und stellte das Ding erst mal von den Aschenbechern weg. Pflanzen sind immer willkommen, und wenn sie nicht zu zickig sind, dann überleben sie bei mir ein ganzes Weilchen. Divenhaftes Verhalten ist für meine Pflanzen leider tödlich, was mir zwar leid tut, ich aber beim besten Willen nicht ändern kann. Wer ständig Licht, Liebe und Wasser braucht, stirbt, ohne dass ich hier irgendwie nach Italowestern klingen möchte. Tatsachen lassen sich nun mal nicht schön reden und ich werde wohl nie einen grünen Daumen haben.

Der zwischenzeitliche Geräuschpegel lud zwei Mal kurz die Nachbarn an meine Wohnungstür, wo sie mir im Schlafanzug und schlecht gelaunt mitteilten, an welchem Körperteil ihnen mein Geburtstag vorbei geht; dann kam die Polizei.

»Huch«, machte ich und tat so, als schimpfte ich mit meinen Gästen, weil die schon wieder an der Anlage gefummelt hätten. Der Beamte kaufte mir meine schlechten Schauspielkünste nicht ab und sprach eine eindeutige Warnung aus. Bei ihrem nächsten Erscheinen würden sie richtig Geld kassieren und ich könnte mit einer Anzeige rechnen, beim übernächsten Besuch würden sie uns alle verhaften und die Wohnung nach Waffen und Drogen durchsuchen. Gut, das war eine klare Ansage, welche wir alle, egal in welchem alkoholverseuchten

Zustand, registriert hatten. Wir gelobten Einsicht und Kooperation und die grünen Jungs zogen ab.

Trotz der Warnung griff sich Andi die Gitarre und wir rockten in Zimmerlautstärke und unplugged ab.

Der Abend war klasse, soweit ich daran noch Erinnerungen habe. Irgendwann setzten Lücken ein, der Rest ist weg, aber die Kopfschmerzen am nächsten Tag ließen erahnen, dass ich zu viel Bier und andere Getränke hatte; aber ich war ja auch schon wieder ein Jahr älter, ein Jahr näher am Sarg. Die Gäste waren weg, außer Knut, der lag wie ein gestrandeter Wal auf meinem Sofa. In einer Hand hielt er ein fast leeres Bier, in der anderen eine inzwischen verstorbene Zigarette. So ein Penner, dachte ich mir. Im Bett rauchen. Der hätte uns töten können, völlig grundlos, ohne etwas davon mitzubekommen.

Ein paar kräftige Tritte in seinen pickligen Arsch weckten den Übeltäter. Als Strafe wurde er, unter einem Schwall von Flüchen und Beschimpfungen, zum Brötchen holen geschickt. Zwar war er uneinsichtig, beugte sich aber meinem diktatorischen Gehabe. Innerlich lachte ich, so schlimm fand ich seine Aktion mittlerweile nicht mehr, hatte aber einen Trottel gefunden, der die Brötchen holte und auch noch bezahlte. Dachte ich jedenfalls.

Er kam nicht wieder. Hat sich einfach verpisst die Sau, ging es mir durch den schmerzenden Schädel. Freunde machen so etwas nicht. Zwei Stunden später machte ich mich selbst auf den Weg zum Brötchenmann. Die Dinger rochen verdammt gut. Als ich dann aber wieder meine Wohnung betrat, traf mich der dort vorherrschende Geruch wie eine Faust. Eine Duftnote von tausend weggerauchten Kippen, abgestandenem Bier und menschlichen Gerüchen wirkte verheerend. Bevor ich mein Frühstück einnehmen konnte, riss ich sämtliche Fenster auf und versprühte Fichtennadelduft aus der Dose. Guten Morgen, jetzt bin ich 36, ging es mir durch den Sinn, als ich mein verquollenes Gesicht im Spiegel musterte.

Der Körper wehrt sich gegen schlechte Behandlung. Ein paar Jahre war alles lustig und dann: Käsefüße, Zahnersatz.. Vielleicht ist die magische Grenze wirklich die 36. Danach kommen die Männerjahre, grau-meliertes Haar, Mitleidskrise, Suizidversuch, Irrenhaus, Altersheim, Holzkiste und Würmer, fertig, Feierabend. Himmel, Hölle, Fegefeuer und vergessen werden. Ein paar Stunden nach meinen aufbauenden Gedanken war die Wohnung gut durchgelüftet und ich hatte die Brötchen bei mir behalten. Bloß stank die Bude immer noch. Sie stank wirklich fürchterlich, so sehr, dass ich spazieren ging, um nachzudenken. Es roch nach Verstorbenem oder noch schlimmer. Irgendwie völlig krank, und ich hatte keine Ahnung, woher dieser üble Geruch kam.

Stunden später war ich wieder in meiner Wohnung und erschnüffelte sie nach dem Verursacher. Es dauerte etwas, dann war mir alles klar. Der üble Geruch kam aus dem Blumentopf. Die scheiß Primel stank wirklich, es war, im wahrsten Sinne des Wortes, eine Stinkprimel. Das Monster gehörte entsorgt. Das Ding war eine schwere Beleidigung für jede halbwegs gesunde Nase. Als nächstes würde ich Horst anrufen, um ihm zu erklären, was ich von solchen Geschenken hielt. Ich nahm den Topf mit der Kreatur, um sie in die Küche zu schleppen. Der Gestank verursachte mehr als nur banale Übelkeit. Über der Mülltüte kippte ich das Ding. Es war nur eine simple Handlung, wie wir sie unbedacht täglich tausende Male vornehmen. Das Monster kippte, mit ihm ein paar Wurzeln und etwas Erde.

Darunter war die »lustige« Überraschung. Ein Fischkopf, fast verwest. Wer hatte solche Geschenke verdient? Was waren das für kranke Geister in meinem Freundeskreis? Ich würde Horst nicht anrufen, ich würde ihn tief in der Nacht besuchen. Vielleicht nicht heute, eventuell erst in einem halben Jahr. Bis dahin hätte ich mir noch ein paar nette Extras einfallen lassen, um der Situation die richtige Würze zu geben.

Auf jeden Fall sollte er schreien, Angst haben und diese Nacht nie wieder vergessen. Bunt malte ich mir das Szenario der Schockelemente aus, hatte Ideen über Ideen, schließlich war ich ein kreativer Kopf und meine Racheträume wurden immer übler.

Nun, ich habe von der Rache nichts in die Tat umgesetzt. Ich war noch gemeiner. Ich habe diesen Vorfall ignoriert. Weniger Rache ist manchmal mehr als eine Aktion, bei der der Andere eventuell einen mittleren Herzinfarkt abbekommen hätte. Freunde können krank und dumm sein. Vielleicht war es ja nur ein etwas aus den Fugen geratener Scherz.

Ende

Diese nächste Geschichte hatte ich mir vor etlichen Jahren schon einmal zu schreiben begonnen, es dann aber sein gelassen, weil meine Fantasie zu drastische Bilder in mein Gehirn zauberte und ich mich extrem gegruselt hatte. Vor gut 2 Jahren hab ich mir diese Geschte für das ‚Stephen King Deutschland' Magazin noch einmal vorgenommen. Das Resultat ist extrem harter Stoff, aber er wurde genommen.

Kein Gruselkram von mir

Ich hab das schon ein paar Mal probiert, es geht nicht. Da lass ich mich auf keine Debatte ein. Ist nicht mein Genre, ich bin zu weich dafür, fertig.

Aber, wie kam es dazu?

Nun, ich bin ja schon lange als Autor unterwegs und hab immer wieder neue Genres probiert.

Als Leser begann ich mit den Büchern von Wolfgang Hohlbein und Stephen King. King war immer ein paar Zacken härter, kompromissloser und gruseliger. Irgendwann, ich hatte gerade ein Buch von Stephen King zu Ende gelesen, konnte ich nicht schlafen. Einerseits war ich nach der Lektüre aufgekratzt, andererseits hatte ich auch Bock drauf, eine richtig heftige Horror-Story zu schreiben.

Vor wenigen Tagen hatte ich den alten Schaukelstuhl einer Großtante geerbt. Kein schönes, aber dafür ziemlich massives Möbelstück. Das kam mir in den Sinn, als ich über meine Horror-Story nachdachte. Also, fix ein frisches Blatt Papier in die Schreibmaschine gespannt und los getippt.

Die Geschichte nahm schnell Fahrt auf. Der Schaukelstuhl spielte eine nicht unwesentliche Rolle, auch die verstorbene Großtante. Nur war diese nicht mehr ganz so frisch. Eher ziemlich vergammelt. Ich starrte zu dem Schaukelstuhl, der plötzlich leicht vor sich hin schaukelte. Es war ja nicht so, dass zum Beispiel eine Katze den Stuhl angestupst hätte. Plötzlich schaukelte der Schaukelstuhl, während ich so am Horror-Schreiben war. Du bist übernächtigt, sagte ich mir und guckte auf das eingespannte Blatt. Aber der Anfang der Geschichte stand nicht auf dem Blatt, sondern, in Frakturschrift stand dort Zeile um Zeile: »LASS ES, LASS ES, LASS ES«…

Mein Herz setzte kurz aus, um im Anschluss heftig weiter zu hämmern. Was ist das für eine Scheiße, überlegte ich mir voller Panik. Der Autor in mir fragte, was würde Stephen King aus dieser Situation machen? Ein lautes Quietschen riss mich aus meinen rasenden Gedanken. Das Geräusch kam von dem Schaukelstuhl. Nur war er nicht mehr leer. Meine Großtante saß dort. Zumindest vermutete ich es. Ich hatte meine Großtante das letzte Mal vor etwa 5 Monaten gesehen. Damals war sie noch am Leben und lustig drauf. Das, was da auf dem Stuhl, keine 2 Meter von mir entfernt war, hatte keine Ähnlichkeit mit ihr. Auch nicht mit irgendeinem anderen Mensch. Mit gar nichts Lebendigem.

Das hier sah aus, als wäre es direkt aus einem Zombiefilm in mein Wohnzimmer gekrabbelt und verströmte einen Geruch, der bei mir den Wunsch weckte, mich sofort zu übergeben. Ich war noch ein richtig junger Mensch. Zu jung, um jetzt und hier zu sterben. Vielleicht war ich auch etwas naiv.

Nicht so naiv wie Bambi, aber vielleicht wie die Macher von Bambi, was weiß ich denn. Und nun, in meiner Wohnung, saß dieser ganz offensichtlich untote Kadaver und stank mir die Bude voll. Ich registrierte mit einigem Stolz, dass ich mir nicht postwendend in die Hose schiss. Trotzdem gruselte ich mich fast zu Tode und war nur froh, dass ich nicht die gesamte Nachbarschaft zusammen brüllte. Das Ding lebte und bewegte sich. Es beugte sich vor und starrte mich an. Der Blick wirkte so brutal, wie ein schlecht gelaunter Pitbull, dem einer in die Eier gekniffen hatte.

Kein Blick, der mich auch nur ansatzweise beruhigen konnte. Ich schrumpfte in mich zusammen und schaffte es mit einiger Anstrengung, mir eine Zigarette anzustecken.

»Hör mir gut zu Paul, du wirst nicht über unsere Familie schreiben.«

Das war keine Einladung zu einer Plauderei, das war ein Befehl. Die Stimme klang nicht so, wie man sie aus Horrorfilmen kannte. Ich würde sie am ehesten so beschreiben: die Stimme klang sphärisch und doch so, als würde irgendwo, tief drin, ein störrisches Werkzeug geschliffen.

»Wer bist du?«, fragte ich das Ding. »Hab ich mich so verändert? Ich bin natürlich Tante Hilde!«

Das große Hallo und »du hast dich ja kaum verändert«, blieb aus. Das »Tante Hilde-Ding« lachte, als es meinen verstörten Blick registrierte. Das Lachen klang wie eine Schrottpresse, welche vor sich hin stotterte. Während das Ding lachte, fielen ein paar Teile aus dem Kiefer und klatschten auf meine Auslegeware. Zum Glück kam es auf ein paar weitere Flecken nicht an. Ich ließ es, was den Bodenbelag angeht, eher entspannt angehen.

»Warum kann ich nicht über den Schaukelstuhl schreiben? Das wird doch, im besten Fall, nur eine Geschichte?«

Wollte ich wissen. Ich rede mit einem Zombie, ging es mir durch den Sinn. Morgen früh weise ich mich irgendwo selber ein, aber heute besaufe ich mich noch mit allem, was die Hausbar und der Kühlschrank her gibt, war mein felsenfester Entschluss. Das Schaukeln wurde stärker, dafür flogen noch ein paar Fleischbrocken durch das Wohnzimmer, um irgendwo stinkend kleben zu bleiben.

»In unserer Familie gib es zu viele Geheimnisse. Egal, was du schreibst, du willst ganz sicher keine bösen Geister wecken.«

Ich schüttelte den Kopf, das wollte ich ganz bestimmt nicht. Erst recht nicht, wenn diese bösen Geister so real wären und so rochen, wie das »Tante Hilde-Ding«.

Für einen Geist wirkte das Ding sehr real und durchaus gefährlich und gewalttätig.

Und doch wollte sich der Autor in mir nicht so schnell geschlagen geben. Stephen King kämpfte an seiner Tastatur schließlich auch mit seinen Ängsten und Dämonen. Das machte er so gut, dass er damit mittlerweile und zu Recht sehr gut verdiente. Das wollte ich nach Möglichkeit auch. Dass ich als Autor eine kleine Fangemeinde hatte, war ja schön und gut, aber meine Geschichten erschienen in sehr überschaubaren Stückzahlen im Selbstverlag. Nichts, was mich zum reichen Mann machte. Das Ding huschte aus dem Schaukelstuhl, warf eine Schrankwand um und stand plötzlich vor mir.

»In unserer Familie gab es vieles und von manchem zu viel. Du kennst diese Geschichten nicht. Das ist nichts, was als

Anekdote zu Weihnachten erzählt wird.«

Der Gestank brachte mich an den Rand des Zusammenbruchs. Trotzdem wollte ich es jetzt wissen.

»Gut, aber gib mir ein Beispiel, damit ich weiß was du meinst« sagte ich und versuchte nur durch den Mund zu atmen. Das Ding drückte eine, ich sag mal, Hand auf meine Stirn.

»Gut, du warst immer schon ein neugieriger, kleiner Scheißer. Du willst die hässlichen Geschichten kennen? Bitteschön.«

Und dann drückte sie etwas fester zu. Die Bilder kamen. Wie ein paar leicht überbelichtete Dias, liefen die Bilder, ohne Ton, direkt in meinem Gehirn ab. Ich sah meinen Großvater bei der Heuernte auf dem Feld. Im nächsten Bild war Einer, den ich nicht kannte. Er durchwühlte ein Wohnzimmer und steckte etwas ein. Schnitt. Mein Großvater hatte eine Axt und schleppte den Dieb in die Scheune. Er drückte ihn auf eine Werkbank. Zack, die rechte Hand des Diebes flog in den Dreck. Der nächste Hieb spaltete seinen Kopf. Dann warf ihn mein Großvater in einen Brunnenschacht. Die Hand nagelte er an die Scheunentür. Die ganze Zeit über lächelte er.

Mein Opa war immer ein liebenswürdiger, gutmütiger Mensch, soweit ich mich erinnern kann. Ich drehe leicht den Kopf, die Klaue liegt immer noch auf meiner Stirn. Ich kotze auf meine Jeans und die Trümmer der umgestürzten Schrankwand. Dann starten die nächsten Bilder in meinem Kopf. Ein mir nicht bekannter Vorfahre, der aber einige Ähnlichkeit mit mir hat, sitzt mit einigen Kameraden in einem Schützengraben. Sie haben ein Feuer an und grillen etwas. Eine französische Uniform aus dem ersten Weltkrieg liegt auf der Erde. Die Kameraden und mein Ahne sind nackt und mit Blut beschmiert.

Auf ihren Körpern haben sie wirre Zeichen gemalt. Die essen den brennenden Kadaver. Schreiend sacke ich weg und bleibe wimmernd liegen. Keine Ahnung, wie lange ich von Sinnen auf dem Boden lag.

Irgendwann wankte ich zur Hausbar und goss mir ein großes Glas Gin ein. Auf Eis und Brause als Zusatz verzichtete ich, es ging nur um den Effekt. Mechanisch trank ich. Dazu hatte ich mir noch einen Sechserträger Bier aus dem Kühlschrank geholt. Ich war im Saufmodus und ich zog es durch. Als der Gin alle war, machte ich mit Wodka weiter und als das Bier alle war, öffnete ich den Rotwein. Oft war ich im Bad, Pinkeln und Kotzen. Und später schlief ich ein.

Nächster Morgen. Kopfschmerzen, schlechter Geschmack im Maul. Weiter schlafen. Etwas später, die Blase lässt mir keine Wahl, Aufstehen, pissen gehen und den Freak im Spiegel nicht zu genau angucken, der sieht mir nicht geheuer aus. Frühstück, Kaffee, Toastbrot. Erste Gedanken an gestern Nacht wabern durch das Bewusstsein. Erst mal Kaffee trinken und eine oder zwei rauchen, dann gucke ich mal ins Wohnzimmer.

Der Moment der Wahrheit, beklommen öffne ich die Tür. Die Schrankwand steht, die Flecken und Fleischbrocken sind nicht da. Dafür war ich nicht nur schwer am Saufen, irgendwann muss ich auch den Schaukelstuhl zerhackt haben. Die Reste sind in ein paar leeren Tüten und einer Kiste. Gut, überlege ich mir. Ich bleibe bei meinen lustigen Kurzgeschichten. Ich will schließlich keine schlafenden Geister wecken.

Ende

Irgendwie hatte ich wohl mal Lust eine absurde Fantasy Geschichte zu schreiben und hier ist das Ergebnis. Das schöne ist, dass sie nicht nur mir gefällt.

Flash vor Fantasy

Ich hab den ganzen Quatsch nicht gewollt, dachte ich, als ich mit dem großen, stinkenden Pferd am Zügel in das Dorf kam. Das Schwert an meiner Seite war schwer, aber handlich. Und ich hatte es schon einsetzen müssen. Seit 3 Tagen war ich nun in diesem Albtraum und hatte seitdem mehr als einmal meine Haut verteidigen müssen. Gegen Menschen und Schlimmeres. Aber zurück zum Anfang.

Karin, meine Frau, und ich waren auf einem Konzert im »Tube«, einem kleinen, gemütlichen Club in der Düsseldorfer Altstadt . Irgendwann war ich ziemlich betrunken und wankte zum Klo um mir eine Hand Wasser ins Gesicht zu wischen. Pinkeln musste ich auch. Die ‚Zwakkelmann Bigband' spielte gerade ein Lied, bei dem ich ruhig abwesend sein konnte und ich verschwand im Keller vom »Tube« bei den Toiletten. Ich lehnte mich an die Wand und schloss die Augen. Nur kurz ausruhen, war meine Idee.

Und dann, als ich die Augen wieder öffnete war ich in dieser seltsamen Welt, welche sich ein bekiffter J.R.R.Tolkin nicht besser hätte ausdenken können. Eben noch war ich auf einem sehr coolen Konzert und nun war ich in einem buckligen Dorf voller aggressiver, schwer bewaffneter Dorftrottel, welche mich killen wollten, klasse.

Ok, ich sah für die Mittelalterfritzen vielleicht etwas seltsam aus, in meiner knallengen, schwarzen Jeans, mit ‚Zwakkelmann-' T-Shirt und Recke-Button an der Mütze. Aber das war ja noch lange kein Grund, auf mich mit Waffen loszugehen. Einer der stinkenden Schweinepriester kam mit einer Art Döner-Messer auf mich zu geflitzt, war aber so plump, dass ich ihm bequem in den Bauch treten konnte und ihm die Waffe wegnehmen konnte. Als ich mich gerade über meinen Sieg freuen wollte, flog ein Pfeil an meinem Kopf vorbei. Der Schütze war echt blöd.

Wer auf diese Entfernung nicht traf, der hatte es nicht besser verdient. Mit drei großen Schritten war ich bei dem Typ und knallte ihm ein paar in die Fresse, dass Bud Spencer echt stolz auf mich gewesen wäre. Ein anderer Penner warf sein Schwert weg und rannte wie der Teufel in die Nacht.

Ok. LSD-Trip, fragte ich mich. Nur hatte ich vorsätzlich nichts genommen. Vielleicht war was in dem Drink, den mir irgendwer beim Konzert in die Hand gedrückt hatte. Erst mal musste ich mir weniger auffällige Klamotten anziehen. Der Bogenschütze hatte eine Art beiges Baumwollhemd, welches ich ihm abnahm. Dazu noch ein Umhang mit Kapuze und das Schwert von dem Flitzer und den Bogen als Distanzwaffe und fertig war Ritter Recke.

In einem runtergerockten Schuppen entdeckte ich ein verwahrloste Pferd. Ich nannte es *Mr. ED*, nach dem Pferd aus der alten Fernsehserie, obwohl dieses nicht reden konnte, oder wollte und nun sind wir quasi Kumpels. Keine Ahnung wann und wo ich hier gelandet bin, ist ja erst mal auch egal. Mit dem Gaul ritt ich durch die Nacht, immer dem Weg entlang, nur weg, war mein Plan. Irgendwann hatte ich ziemlichen Hunger, da passte es ganz gut, dass ich im Wald ein Feuer lodern sah. Und etwas brutzelte und roch voll gut. Also, runter vom Pferd und angeschlichen. Da grillte sich jemand nen Kobold, egal, dachte ich, mit nem Liter Wein ist das schon in Ordnung. Das Feuer sah verwaist aus und als ich näher schlich, sah ich auf warum.

Der Gestank lenkte mich ab, da war ein fetter, hässlicher Ork am kacken. Der schiss sich so richtig die Seele aus der Wampe. Orks sind die bösen, ging es mir, als Tolkien-Leser durch den Sinn.

Also das Schwert gezückt und auf den Scheißer, seine Unpässlichkeit ausnutzend. Außer etwas Gebrüll war auch nicht viel Gegenwehr. Der Typ war Geschichte, bevor er sein Geschäft zu Ende erledigt hatte. Der Kerl hatte gleich ne ganze Sammlung an Schwertern, daher suchte ich mir ein paar schöne Exemplare aus, dazu noch ein paar Dolche und eine Armbrust mit ordentlich vielen Pfeilen. Der Kobold schmeckte ganz gut, zumal der Ork ein paar Gewürze dabei hatte. Das Feuer wärmte mich und ich verbrachte eine ruhige Nacht am Lagerfeuer. Der nächste Morgen war unspektakulär. Ich erwachte, ging pinkeln und ritt davon. Viele Stunden ging es durch den Wald, immer dem Pfad entlang, bis ich ein kleines, stinkendes Dorf erreichte.

Ok, ab in den Pub, war mein Plan. Vom toten Ork hatte ich noch einen Sack Münzen geklaut, aber der brauchte die eh nicht mehr, also wird es ihm egal sein. Und ob der hässliche Typ Erben hatte oder nicht, war mir auch völlig schnurz. Was hab ich denn mit dem möglichen Nachkommen von dem Ork am Hut?

Also, das Pferd vor der Pinte angepflockt und ganz Clint Eastwood- mäßig rein in den Saloon. Die Typen in der Kneipe glotzen mich an, als hätte ich mit ihren Vätern geschlafen, nachdem ich diese grün angemalt hätte. Keine freundlichen Blicke quasi. Der Wirt war auch nicht gerade ein Dienstleister erster Güte.

»Verpiss dich Alter, wir mögen keine Fremden.«

Na, wenn da nicht ne ordentliche Portion Rassismus mitschwang, weiß ich auch nicht. Mir egal, ich hatte Hunger und Durst und teilte dem Penner selbiges mit.

»Du kriegst hier nichts zu fressen, du stirbst, wenn du nicht sofort verschwindest.«

Na ja, dachte ich, der spinnt wohl. Ich sagte ihm, dass ich pronto was zu essen wolle, als mir ein großer, derber Typ eine knallte. So ein Schwein, dachte ich, als ich an die Wand flog. Ich zog das Schwert und los ging das Gemetzel. Wütend wie ich war, hackte ich auf alles ein, was in der Nähe war.

Wenig später war ich der einzige, er noch stand. Ich griff mir von einem Teller ein Hühnerbein und sah zu, dass ich weg kam. 2 Flaschen Wein hatte ich mir aus dem Regal hinter der Theke gegriffen, keine schlechte Beute.

Dann ritt ich weiter. Gegen Mittag kam ich an zwei kleinen Kerlen vorbei, der eine stellte sich als Frodo vor und wirkte ziemlich arrogant. Sein Kumpel, der Dicke, war Sam, ein gemütlicher Typ. Wir laberten etwas, dann hatte ich keinen

Bock mehr auf die Kleinwüchsigen und ritt davon, nachdem ich dem arroganten Frodo einen goldenen Ring geklaut hatte.

Als ich später an einen Baum pinkelte, begann dieser mich zu beschimpfen und mir zu drohen, so was hatte ich auch noch nicht erlebt. Wer auch immer diese Welt erfunden hat, muss bis zum Anschlag voll mit Drogen gewesen sein.

Abends wollte ich in einer Höhe rasten, aber dort lebte ein etwa 4 Meter großer Kerl, der echt scheiße drauf war. Warf mit Felsbrocken und wollte mich kaputt machen. Ich hab ihm mit der Armbrust einen Schwung Pfeile in den Kopf geschossen, bis er umkippte und ausgelaufen ist. Hat alles vollgeblutet, die ganze Höhle. Was für eine Sauerei. Hier konnte und wollte ich nicht bleiben und ritt in die Nacht.

Es war zum Kotzen gruselig, irgendwelche Viecher huschten rum und nervten wie Sau. Später, am frühen Morgen, traf ich auf einen kleinen, hageren Typen in ner hässlichen Unterhose, der die ganze Zeit brüllte:

»Mein SCCCHAAATZ, wo ist er?«

Ich dachte mir, dass der Typ ein Fall für Siggy Freud wäre und ließ ihn stehen, bevor er mich mit seinem Wahnsinn auch noch ansteckte.

Fehlte bloß noch Graf Dracula und King Kong. Es war echt ne miese Gegend. Erinnerte mich irgendwie an Neuseeland, machte das Ganze aber nicht besser.

Der Himmel verfinsterte sich und eine Art Flugsaurier kreiste über mir. Scheiße, dachte ich, als das Ding feuerspuckend auf mich zukam.

Das war‘s wohl, dachte ich und war komischerweise weder ängstlich noch erschüttert. Es war einfach nur eine nüchterne Feststellung. Schade nur, dass ich Karin, meine Frau wohl nicht wieder sehen würde, dachte ich.

Das Maul von dem Drachen war aufgerissen, bestimmt 2 Meter groß.

Ende, dachte ich.

Ein paar rhythmische Klatscher brachten mich zurück. Ich lag lang ausgestreckt auf den Fliesen im »Tube«. Über mir hockte »Zwakkelmann« persönlich, um mich wach zu klopfen, neben ihm stand die verstört guckende Klofrau.

»Mann, Recke, du kannst doch hier nicht schlafen. Und die Zugaben hast du auch verpasst und Karin ist ziemlich sauer, weil du seit ner halben Stunde verschwunden bist.«

Er war es wirklich. Zwakkelmann, mit Mütze, welche er heute und bis jetzt, trotz Auftritt noch nicht verloren hatte. Der harte Hamminkelner Dialekt und die Bierfahne konnten nicht lügen.

»Mensch Alter, ich hab vielleicht nen Quatsch geträumt,« murmelte ich.

»Ach, warst du im Auenland?«

Nun war ich überrascht. Ich muss ihn ziemlich verwirrt angeguckt haben, denn er erklärte es mir.

»Seit Wochen schleicht hier ein Typ rum, den niemand kennt. Der verteilt Drinks und dann ist man beim Herrn der Ringe.«

Alles klar, dachte ich mir, als ich auf Zwakkelmann gestützt nach oben wankte.

Plötzlich kam der Flashback.

Ende

Keine Ahnung was an dieser Geschichte so gelungen ist, aber irgendwas hat sie

Hinter dem Zaun

Seit Jahren verfolgt mich ein Traum der mir, trotz allem, keine Angst macht. Eher fühle ich mich in ihm sehr zuhause und würde gern länger dort bleiben. Apokalyptische Bilder, von einem Krieg der zwischen den Träumen tobte und ich sehe und durchwandere seine zerstörte Landschaft.

Berlin ca. 1985, ich klettere über den Zaun eines verwilderten Grundstücks welches es real gibt. Bombenkrater sind mit Sand und Gräsern zugewuchert. Über den Zaun gestiegen verändert sich die Landschaft. Am Horizont erscheint die zerbombte Ruine einer riesigen Kirche, an die zweihundert Meter hoch. Die Farben gehen ins beige über, Trümmer soweit das Auge reicht. Keine Menschenseele ist zu sehen. Die Gebäude faszinieren mich und ich sehe sie mir vorsichtig an. So könnte Berlin nach dem Krieg ausgesehen haben, wenn vorher große Könige dort regiert hätten. Eine endlos scheinende Weite der Trümmer und der Zerstörung, die voller Würde ihr Schicksal tragen. An die zwanzig echsenartigen Vogelwesen ziehen kreisend ihre Bahnen. Ohne Angst nehme ich ihre kreischenden Schreie wahr. In einem verfallenen Kuppelbau sehe ich mir einige Gemälde an. Eines fasziniert mich besonders, es zeigt einen Mann, der mich an meinen Großvater erinnert, in einer königlichen Uniform. Wie ähnlich wir uns sehen. Ein Rudel

Dobermänner kommt geifernd auf mich zu. Ohne Furcht gehe ich in die Knie und streichele die dünnen Hunde. In der Ferne bricht der Schlachtruf eines Hornes die Stille und aus den Schatten der Trümmerwüste kommen sie. Schwarze, gesichtslose Gewaltwesen, mit Sturmgewehren und aufgepflanzten Bajonetten. Ich muss mich beeilen, ihre Haltung verspricht Unheil. Mit Eile verlasse ich geduckt das Gebäude und renne. Schüsse krachen, ein Geschoss trifft mein linkes Knie, ich stürze. Der Versuch auf die Beine zu kommen bleibt ein Versuch. Der Ohnmacht nahe, liege ich im Dreck. Rasch holen sie auf und umringen mich. Unverständliche Stimmen dringen in mein Ohr, ich habe nun Angst, Einer tritt vor und spricht in meiner Sprache. »Wer bist du? Du bist keiner von hier!«

Als ich nicht schnell genug antworte trifft mich ein Tritt in mein zerschossenes Knie. Schmerzgeplagt stöhne ich auf und wälze mich im steinigen Staub.

»Ich kam über den Zaun, ich wollte euch nicht stören, ich wollte mir nur die Häuser ansehen.« Erstauntes Raunen geht durch die Menge, »über den Zaun? Das hat noch keiner gewagt! Du darfst gehen, wenn du wiederkommst werden wir dich töten. Und nun geh!«

Zwei der Kreaturen halfen mir auf die Beine, mit ihren Gewehrkolben schlugen sie mir in den Rücken und trieben mich zu dem Zaun. Als ich ihn erklommen hatte und mit den Füßen den Boden der Brandenburgischen Straße berührte erwachte ich. Alle Knochen taten mir weh, am Knie habe ich seitdem die Narbe von einem Einschuss.

Ende

Achtung

Ich hatte den Zombie totgeschlagen, leicht war es nicht, aber auch nicht richtig schwer. Es ist in etwa vergleichbar mit einem ausgewachsenen Rocker, der eine schwere Grippe hat. Nicht, dass ich jemals einen grippeerkrankten Rocker erschlagen hätte, aber ich denke der Vergleich trifft es schon ganz gut. Außerdem kennt ja jeder Zombiefilme und weiß wo bei diesen Typen die Schwachpunkte sitzen.

Es ist immer nur die Omme, mit der Grütze drin, das muss zerschossen oder zu Mus gekloppt werden, ganz einfach, wenn man seine gute Kinderstube zu Gunsten des eigenen Überlebens quasi über Borg gekippt hat.

Wie es dazu kam, und wer ich überhaupt bin?

Gut, der umgekehrten Reihe nach, ich bin Paul Pisa, für meinen Namen kann ich nichts, daran sind meine Eltern schuld. Vor sechsundzwanzig Jahren bekamen sie mich, sahen mich an und meinten das schrumpelige Baby soll Paul heißen.

In der Glotze liefen in den letzten Wochen fast nur Sondersendungen, erst wegen des Kraftwerks, welches ziemlich kaputt war und etwas Radioaktivität ausgetreten ist, dann wegen der armen Schweine, welche rings herum um den Reaktor wohnten und nun zu Zombies wurden.

Klar war rasch die Bundeswehr und sonstige Spezies vor Ort, um die Typen aus dem Verkehr zu ziehen, aber einige konnten abhauen und fressen sich nun quer durch die Bundesrepublik.

Klasse, dachte ich mir, als ich von der Sauerei in der Abendschau sah, in solchen Momenten wünschten sich nicht wenige die Mauer zurück, schließlich stand der Scheißreaktor in Brandenburg, ich hier in Berlin hätte mich mit Mauer und Selbstschussanlagen, sowie verminten Grenzabschnitten um einiges sicherer gefühlt.

Die Welt hatte sich verändert, Nachts waren kaum mehr Menschen unterwegs, Konzerte, selbst Punkkonzerte fanden nun zur Mittagszeit statt, Kneipen schlossen um siebzehn Uhr und nur die Polizei oder ganz harte Typen, oft Plünderer, wagten sich in der Nacht vor die Tür. Krankenwagen bekamen Polizeischutz und der Senat versprach Kopfprämien für Tote Untote. Immerhin dreihundert Euro pro Nase.

Mit dieser Kohle frischte so manches Hartz 4 Männchen seinen Kontostand auf auch ich, zumal es dieses Geld komplett abzugsfrei ausgezahlt gibt. Man muss bloß den abgetrennten Kopf von dem Zombie beim Bürgeramt abgeben, dann gibt es sofort den Barscheck. Mann, da die Schlangen dort sind ziemlich lang, einige stehen mit Koffern oder Säcken da, Andere haben noch die blutige Kettensäge mit, mit der sie dem Zombie den Kopf abgeschnitten haben. Und stinken tuts in der Schlange. So ein Zombie riecht nicht gerade als ob er frisch aus der Douglas' Filiale kommt.

Tja, die Welt hat sich verändert, es gibt mittlerweile sogar Kurse im Zombies aufspüren, töten und zerlegen.

Ob die Welt schlechter ist? Keine Ahnung, sie ist anders geworden, so viel steht zumindest fest.

Ende

Keine Ahnung wann und wie ich auf diese Geschichte gekommen bin. Tatsache ist, dass ich das gute Stück unheimlich mag.

Was für ein Alptraum

Nachdem ich heute Morgen keine Lust hatte aufzustehen und daher liegen geblieben bin, kam der Schlaf zurück. Und mit ihm ein Traum, der an Horror schwer zu überbieten ist. Ich war in einem Hotel, mit meiner Frau. Also nicht etwa so ein Gruselkasten, wie das »Overlook Hotel« aus Stephen Kings Roman »Shining«, sondern ein ganz normales, einfaches, ordinäres Hotel.

Der Teppich war graubraun und hoch floorig, was an sich schon mal voll der Horror ist, aber es kommt noch schlimmer. Komischerweise hatte ich mein Lieblingsglas dabei. Ein 0,4 Liter Kilkenny-Glas, welches ich unter Verwendung von Hartgeld mal einem Wirt abgeluchst hatte. Und dieses wunderbare Glas, mit dem ich so viele herrliche Momente geteilt hatte, ist mir dann, aus nicht nachvollziehbaren Gründen der Tollpatschigkeit, aus der Hand gefallen und zerbrochen.

Was für ein Schlamassel.

Überall waren feine Glassplitter, die nur darauf warteten, sich in Fußsohlen zu bohren. Wer hätte denn ahnen können, dass ein Glas aus so vielen scharfkantigen Einzelteilen besteht? Irgendwie gelangte ich zur Badewanne, wo mir Karin einen

Pickel auf dem Rücken ausdrücken wollte (ich weiß, jetzt wird es eklig und ziemlich kafkaesk, aber Literatur darf so etwas nicht nur, ES IST IHRE AUFGABE!).

In der Wanne war Wasser, was ja eine Badewanne erst so richtig sinnvoll macht, ihr quasi Sinn gibt. Also, immer schön Sinn reinlaufen lassen in die Wanne, in Form von Wasser, dann macht das Baden auch viel mehr Spaß.

Und auf dem Rand der Wanne lagen drei neue Bücher, auf welche ich mich sehr freute. Dummerweise rutschten die drei neuen, noch ungelesenen, aber herzlich willkommenen Bücher in das Wasser.

Mann, war ich fertig und erschüttert.

Das war so übel und schrecklich, dass ich zitternd erwachte.

Ende

Buchtipp für Krimileser:

Wenn ich nur einen Autor empfehlen dürfe, dann ist es Robert B. Parker.
Seine Serie um den Detektiv »Spenser« und seinen handfesten Kumpel »Hawk« startete Anfang der 70ger Jahre und hat es auf gut vierzig Bücher und eine Fernsehserie gebracht. Die Bücher sind beste Unterhaltung voller Witz, Spannung und Zeitgeist. Die etwa 200 Seiten pro Buch sind auch für Leute gut geeignet, die eher wenig Zeit zum Lesen finden. Selbst der schlechteste Roman aus der »Spenser« Reihe ist noch richtig gut. Für mich sind diese Bücher beste Unterhaltung ohne auf eine niveauvolle Romanhandlung verzichten zu müssen. Das ist eine richtig coole gute Laune Serie in Buchform. Auch sein Alterswerk, die Bücher um »Jesse Stone« begeistern auf eine etwas tiefgründigere Art. Hervorragend ist auch die dazugehörige Fernsehserie mit »Tom Selleck« als Jesse Stone. Die Jesse Stone Romane gehören in jedes gut sortierte Krimiregal. Während Spenser locker und nie um einen Spruch verlegen daherkommt ist Jesse Stone eher der grübelnde, in sich gekehrte Ermittler, der mit sich und seiner Vergangenheit noch einige Kämpfe auszufechten hat. Die Themen sind ernster, ohne an Unterhaltungswert zu verlieren. Bei Parker gilt, jedes Wort und jeder Satz sind wichtig, sonst würden sie hier nicht stehen. Dafür gibt es aber auch kein einziges überflüssiges Wort. Beide Serien haben ihren ganz eigenen Charme, beide bieten perfekte Krimikost. Jeder der gerne amerikanische Krimis liest, sollte diese Bücher lesen.

Waldwege der Seele – ein Schwung Gedichte

Kein TaschenRecke ohne ein paar Gedicte.
Mittlerweile sind viele meiner Gedichte Geschichten, die sich reimen. Auch sind sie bei weitem nicht mehr so düster wie in meiner Anfangszeit. Ich wünsche viel Vergnügen und anregende Unterhaltung.

Die Mauer

Ich hab noch ein Stück Mauer in mir drin.
Tief im Herzen, fest verankert,
So brutal und ohne Sinn.
Für das Kind, das ich mal war
Und für den Mensch der ich jetzt bin.

Ich werd sie nicht mehr los,
Sie bleibt für immer in mir drin.

Ein Stück Freiheit endet dort, bei dem Beton.
Und dahinter streben Menschen,
Man bringt sie dafür um.

Weil sie nur mal sehen wollen,
Wie es drüben, bei uns ist.
Vielleicht haben sie das nie erlebte
Sehr vermisst.

Was war das für ein Zustand, in Berlin.
Nicht normal und so gewöhnlich,

So brutal und ohne Sinn.

Für das Kind, das ich war,
Und für den Mensch, der ich jetzt bin,
Ergibt so vieles, was normal ist, keinen Sinn.

Diese Kälte, diese graue Konsequenz.
So erschreckend und so tödlich,
In ihrer Effizienz.

Und das alles war real
Und das alles war normal,
An der Mauer Dies – und Jenseits in Berlin.

Mancher hat die Mauer jeden Tag gesehen.
Hat sich mit ihr abgefunden,
Ohne drüber nachzudenken,
Wofür diese Mauern stehen.

Denn sonst würde man verrückt,
Dieses Bauwerk macht bedrückt,
Jeden, der die Mauer jemals hat gesehen.

Jeden, der davor stand,
Und konnt nicht rüber gehen.
Jeden der jemals versucht hat,
Diese Mauer zu verstehen.

Sinn, manchmal

Manchmal fahr ich mit der Bahn,
Einfach drei Stationen weiter.
Und dann laufe ich zurück,
Fühl mich dabei sogar heiter.

Manchmal lauf ich durch die Straßen,
Ohne irgendeinen Plan.
Doch egal wohin ich laufe,
Immer komme ich wo an.

Manchmal denke ich bei mir,
Das Leben hat gar keinen Sinn.
Aber wenn ich mir das denke
Finde ich es nicht so schlimm.

Manchmal bleib ich einfach liegen,
Obwohl man zu mir sagt, Steh auf!
Doch ich sehe keinen Sinn drin ,
Also dreh ich mich auf den Bauch.

Manchmal fühl ich mich richtig mies,
Aber so schlimm ist es nicht.
Weil auch das wieder vorbei geht,
Wisch ich die Trauer vom Gesicht.

Manchmal scheint Das Leben mir,
Wie ein Trudeln durch die Zeit.
Ohne einen weiteren Sinn
Und mir tut es nicht mal Leid.

Wenn man alles nicht zu ernst nimmt,
Ist doch alles zu ertragen.
Ich muss ja nicht ins Detail gehen,
Sollte man mich »wie geht's Dir« fragen.

Und manchmal lauf ich durch die Gassen,
Und ich fühl mich grundlos gut.
Und vielleicht scheint sogar die Sonne
Und sie schenkt mir Übermut.

Manchmal reicht es mir total,
Dass ich lebe, fühle, liebe.
Und ich meine ganzen Sorgen
Einfach auf morgen verschiebe.

Die Spülmaschine

Am Anfang war es mit uns toll,
Es hat gut funktioniert.
Irgendwann kamen die Macken,
Doch ich hab nichts kapiert.

Die große Liebe wich langsam,
Dem Alltag, der Routine.
Jetzt bist du blödes Ding kaputt,
Was soll das, Spülmaschine?

Was kann ich tun, was soll passieren?
Ich weiß es nicht genau.
Du wolltest nicht mehr funktionieren,
Also, Bella ciao!

Ich könnte einen Klempner holen,
Doch das wird ziemlich teuer.
Du hast mich ziemlich arg enttäuscht,
Das wär mir nicht geheuer.

Ich such mir eine Andere,
Die mir Freude bringt.
Damit der Haushalt endlich wieder
Reibungslos gelingt.

Deine Zeit ist abgelaufen,
Komm, nimm es einfach hin.
In meiner Küche als Schrotthaufen,
Machst Du keinen Sinn.

Und weil ja alles endlich ist,
Werde ich es endlich tun.
Ich kauf mir eine Neue,
Du darfst in Frieden ruhen.

Flieg

Ein junger Vogel, auf dem Baum,
Kam frisch heraus, aus seinem Nest.
Die Eltern hatten einen Traum,
Du kennst dein Nest, erforsch den Rest.

Diese Welt ist ziemlich groß,
Überall hin kannst du fliegen.
Na gut, noch nicht, das ist schon klar,
Dafür musst du erst mal üben!

Er flatterte nervös umher,
Und irgendwann kam der Moment,
Er spürte keinen Boden mehr,
Ein Zustand, den er so nicht kennt.

Und so übte er dann weiter,
Flatterte von Ast zu Ast.
Und mein Herz, es wurde weiter,
Bei diesem Schauspiel war ich Gast.

In der Natur die Augen öffnen,
Zu entdecken gibt's so viel.
Im Kleinen mal den Rest vergessen
Und einfach staunen, leis und still.

Diese Welt ist voller Wunder,
Im Großen und, speziell im Kleinen.
Dachte ich und war entspannt,
Mit mir und der Welt im Reinen.

Der kleine Vogel flattert rum.
Ich lernte laufen, er lernt fliegen.
Er schafft den Ast, mal fällt er um,
Er wird über die Schwerkraft siegen.

Ich wünsche ihm ein schönes Leben
Und viel Glück, er wird es brauchen.
Er wird durch die Lüfte fliegen
Und ich durch die Straßen laufen.

Der Tag

Letztens hatte ich verschlafen,
Was dem Tag nicht schaden sollte,
Weil das Schicksal nun mal machte,
(So wie immer), was es wollte.

Und an diesem Tag begann es,
Ziemlich putzig, was gefiel.
Mit nem Eichhorn, auf der Regenrinne,
Von der es nicht runterfiel.

Eigentlich war es ein Hörnchen,
Doch das hätt sich nicht gereimt.
Ich hoff ich schätz Dich richtig ein
Und Dir war klar, was war gemeint.

Fängt der Tag richtig gut an
Kann es nur noch schlimmer werden,
Meinen zumindest Pessimisten
Das teilen sie gern mit, auf Erden.

Aber doch, es kam ganz anders
Und das verwirrte mich ganz kurz.
Denn eine Prise Pessimismus
Federt ab, manch tiefen Sturz.

Doch der Tag, er blieb bekömmlich,
Hatte vom Guten viel zu bieten
Und das Schicksal war echt geizig,
Mit Enttäuschungen und Nieten.

Also, ein richtig schöner Tag,
Von dem wollte ich Euch berichten
Denn das ist ja auch mal was,
Bei den heutigen Nachrichten.

Ich appellier nicht an die Neugier,
Auch nicht an den klugen Geist.
Denn das hier ist ein Gedicht,
Für das Herz das vieles weiß.

Und bei Gedichten im speziellen
Lässt man das Geschwafel sein.
Und verzichtet auf so manches,
Dafür passt vielleicht der Reim.

Und sollte es Dich sehr verwirren,
Dann war es vielleicht abstrakt.
Da kann man lange drüber grübeln,
Bis man vielleicht das Rätsel knackt.

Letztlich hoff ich, es gefällt,
Das wäre nämlich Sinn der Sache.
Schließlich war es harte Arbeit.
Dieses Gedicht, das ich hier mache.

Blickwinkel

Ja, manch Einem scheint das Leben,
Wie ein nie endender Kampf.
Vielleicht vergleichbar mit Windmühlen,
Oder einem Wadenkrampf.

OK, ich kann's nicht nachempfinden
Und doch irgendwie verstehen.
Weil ja alle meine Schritte,
Über eigene Wege gehen.

Denn für mich kommt jeder Tag
Einem Abenteuer gleich.
Und auch wenn ich's vielleicht nicht bin,
Fühl ich mich beschenkt und reich.

Aber doch versteh ich die,
Die ganz tief im Schatten stehen.
Die, deren Fahnen permanent,
Traurig auf Halbmast wehen.

Vielleicht hab ich ja derzeit Glück,
Doch ich hatte schwere Zeiten.
Vielleicht waren sie ja auch ganz gut,
Um mich auf's Jetzt vorzubereiten.

Eventuell seh ich das Leben,
Durch meine spezielle Brille.
Und dass ich gern positiv denke,
Ist ganz einfach schlicht mein Wille.

Die Welt ist einfach wie sie ist,
Und sie ist so, wie Du sie siehst.
Genau wie Jeder einen Brief
Auf seine eigene Weise liest.

Ja, klar, die Welt ist eine Scheibe,
Und für Andere eine Kugel.
Ich persönlich frage Menschen,
Doch die meisten fragen Google.

Das mag vielleicht ja seltsam klingen,
Doch für mich ist es normal.
Pass auf wie Du die Welt betrachtest,
Schließlich ist es Deine Wahl.

Denn irgendwann, da fällt die Klappe
Und der Sargdeckel klappt zu.
Das war vielleicht Dein letzter Vorhang,
Ja, und dann ist erst mal Ruh.

Welt verändern

Kommt, lasst uns die Welt verändern,
So schwer kann das doch nicht sein.
Erst mal schön im kleinen Kreis.
Der Rest ergibt sich und steigt ein.

Freundliches Denken, gutes Handeln,
Und mache kleine gute Tat,
Können diese Welt verwandeln,
Oft unbemerkt geht auf die Saat .

Und nebenbei noch kritisch bleiben,
Hinterfragen, standhaft sein.
Und immer Optimismus üben,
Keiner von uns ist allein.

Kein Bock zu schimpfen auf die Welt,
Die Gier, den Hass, die dummen Leute.
Weil das nie was verändert hat,
Weder gestern, morgen, heute.

Einfach machen, ohne Zweifel,
Gerade, wenns nicht einfach ist.
Eine Schippe nach der Anderen,
Verkleinert sich der Berg voll Mist.

Zuerst mal sich selber helfen
Und für seinen Körper sorgen.
Denn nur wer fit und munter ist,
Kann Andren seine Hilfe borgen.

Also, lasst uns die Welt verändern,
Jeder macht mit, auf seine Weise.
Wir sind ein Teil von dieser Welt,
Und dieses Leben unsere Reise.

Erinnerungen?

Ich erinnere mich an Liebe,
An Hoffnung und an Glück.
Doch da war auch die Enttäuschung,
Und das Zerbrechen, Stück für Stück.

Ich erinnere mich an Treue
Und an Verlässlichkeit Zurück.
Und da ist nichts, was ich bereue,
Jedes Fremdgehen bringt kein Glück.

Ich erinnere mich an Filme,
Sie zeigten mir die Welt.
Die bunt und weit und endlos war,
Ein Acker, unbestellt.

Ich erinnere mich an Waffen,
An Gewalt und auch an Hass.
Und wie ich darauf reagierte,
Kühl und bedacht, mit Maß.

Ich erinnere mich an Lieder,
Und ihren Aufruf zur Gewalt.
Ich spürte auch die Kraft mit der,
Man auf den Gegner prallt.

Ich spüre noch die Trauer,
Weil ich Wen verloren hab.
Ich erinnere mich an Abschied,
In Blicken, Briefen, an einem Grab.

Und die Tränen fallen,
Sie fließen stetig in mein Bier.
Ich glaub ich werd langsam betrunken,
Während ich hier lamentier.

Ich erinnere mich an Mogan,
Auf CD, vor langer Zeit.
Und jetzt schau ich zu ihr rüber,
Und wir sind glücklich, so zu zweit.

Ich erinnere mich an Träume
Und an die Realität.
Ich denk auch an die Zwischenräume,
In einem Text, der noch entsteht.

Ich denke an all meine Kämpfe,
An die Siege und das Leid.
Ich denke an seelische Wunden,
Naja, manches ging zu weit.

Ich frage mich was ist das Gestern
Und ist das alles so passiert?
Und ich frag mich ob das irgendwen,
Außer mir echt interessiert.

Doch ich weiß ich bin die Summe,
Meiner Träume, meiner Welt.
Und was ich heute draus mache,
Ist das einzige was zählt.

Vergangenes ist vergangen,
Und die Zukunft nicht passiert.
Wir leben schließlich genau jetzt,
Weshalb das Jetzt mich interessiert.

Hier hab ich mal ein reinrassiges Rock'N' Roll Gedicht geschrieben. Mit der Ursprungsversion hab ich im letzten Jahrtausend mal einen Preis in der Zeitschrift Musik Express gewonnen.

Party bei Herbert

Letztes Jahr bei Grönemeyer,
War ne tolle Weihnachtsfeier.
Irgendwie war ich eingeladen,
Mein Presseausweis, würd ich sagen,
Half mir auf die Gästeliste,
Mit einem Freund ging's auf die Piste.

Er zog sehr tief an seiner Tüte,
Ich dachte mir nur, »meine Güte«
Ich hielt mich lieber an mein Bier,
In meiner Tüte waren noch vier.

Die musste ich ganz schnell austrinken
Und weiter hin, zur Party hinken.
Es war sehr kalt und auch sehr glatt,
Das ist es, was man davon hat,
Geht man zu einer Weihnachtsfeier,
Zum Beispiel der von Grönemeyer.

Zum Glück sind wir gut angekommen,
Da standen wir dann, leicht benommen,
So viele Promis waren da,
Die kannten wir vom Fernsehen, klar.

Einige waren schon betrunken,
Andere haben aus dem Maul gestunken.
Mancher klebte am Buffett,
wir dachten uns, »ach lass mal, nee«.
Und alles gratis, wunderbar,
Trollten wir uns an die Bar.

Dort kam man rasch auch ins Gespräch,
Trank dabei viele Biere weg.
Irgendwann rief die Natur,
Na ja, ich musste pinkeln, nur.

Das Klo war leider abgeschlossen,
Drum bin ich dann, kurz entschlossen,
in eine Kammer abgedüst,
hatte mich quasi kurz verpisst.

Erleichtert kam ich dann zurück,
Und auch noch unbemerkt, zum Glück.
Schließlich war‘s Herberts Kleiderschrank,
Sogar begehbar, Gottseidank,

In den ich kackfrech urinierte,
Ihm die Garderobe ruhinierte.

Als er‘s bemerkte kamen Klagen.
»Was soll das« und noch andere Fragen.

Und »womit hab ich das verdient,
Das Ihr mich so blöde angrient«
»Party zu ende, alle raus!!
Und damit war die Party aus.

Doch hat er nun nen neuen Hit.
Ich freu mich heimlich mit ihm mit.
Das alles, weil ich pinkeln musste
Und mir nicht zu helfen wusste.

Sollte er noch mal ne Party machen,
Mach ich nicht mehr solche Sachen,
Ich schwör »nie wieder La Fontaine«!
Nie wieder lass ich mich so gehen.

So viel zum Thema Gästliste,
Von der ich mich wohl selbst verpisste.

Ruhr-Lied

Auf Kohle gebaut.
Mit der Maloche vertraut.
Das Herz am rechten Fleck,
Unter den Nägeln den Dreck.

Stets die Zeche gezahlt.
Und dabei oft gelacht.
Und die 1000 Feuer,
Erhellten die Nacht.

In die Hände gespuckt,
Immer gut angepackt.
Selbstverständlich geholfen,
Auch wenn's im Rücken knackt.

So sind wir hier,
Das zeichnet uns aus,
Das Ruhrgebiet das sind wir,
Hier ist unser Zuhaus.

Es gibt so schöne Ecken,
Hier, im Ruhrgebiet.
Wo am Wochenende
Jeder ins Stadion zieht.

Jubel und auch Zweifel,
Bier am Bratwurststand.
Sind Teil dieser Idylle,
Die ich hier so oft fand.

Legenden und Geschichten,
Werden hier gelebt.
Bei vielen wird gelacht,
Auch wenn die Stimme bebt.

Der Kiosk an der Ecke,
Könnte dir viel erzählen.
Von Helden und von Dieben,
Die durch die Jahre sich stehlen.

Klar, nicht alles ist gut.
Denn so war es noch nie.
Doch wir werden es schaffen,
Wir schaffen es - irgendwie.

Jede Region hat ihr Bier,
Und Ihren Verein.
So ist das im Pott
Und wird nie anders sein.

GE Dicht

Es gibt da dieses Bierchen,
Auf das ich mich schon freu.
Ich weiß nur gerade nicht,
Mein ich Gesöff oder Gebräu.

Das Eine ist voll lecker,
Das Andere schmeckt auch gut.
Nur weiß ich gerade nicht,
Welches mir besser schmecken tut.

Also nehm ich beide,
Da mach ich nichts verkehrt,
Denn diese leckeren Biere
Sind ziemlich schnell verzehrt.
Geschmack, der mich begeistert,
Ich trink nicht gern allein.
Komm, nimm Dir so ein Bierchen
Und zieh Dir das jetzt rein.

Und wenn noch Jemand mitmacht,
Dann sind wir schon zu dritt.
Dat Bier aus Gelsenkirchen
Macht Laune und muss mit.

Brot Vaterland

Die Frau beim Bäcker, neulich vor mir,
Wollte ein Brot Vaterland.
Was ich im ersten Augenblick
Ganz kurz ziemlich witzig fand.

Na klar, das war ein Missverständnis,
Ach, ein Westfalen-Brot, genau!
Doch was sagt dieser Schusselfehler
Aus, über die seltsame Frau.

Lebt sie in nem kleinen Reich,
Heimlich mit anderen Gestalten.
Wählt sie vielleicht die AFD?
Und wie soll ich mich jetzt verhalten?

Vielleicht hat sie sich nur vertan
Und meine Fantasie blinkt auf.
So was passiert schon, dann und wann,
Bei einem simplen Broteinkauf.

Ich will nichts Böses unterstellen,
Nichts ist passiert und nichts war schlimm.
Und ich hab ein neues Gedicht,
Kommt es mir plötzlich in den Sinn.

Zur richtigen Zeit beim Bäcker sein,
Ich lass dem Schicksal seinen Lauf.
Vielleicht ergibt sich irgendwas,
Und wenn, dann schreibe ich es auf.

Wo ist zuhause, Mama?

Ich habe mir nie darüber Gedanken gemacht,
Es war kein Thema, lieber getrunken, gelacht.
Was sollte das sein, wo findet sie statt,
Sie war nichts, was mich gedanklich berührt hat.

Ich bin nicht stolz auf das Land oder meine Region,
Bin einfach nur ich, meiner Eltern Sohn.
Ich bin kein Patriot, oder schlimmeres gar,
Ich bin nur der, der ich immer schon war.

Nicht stolz auf ein Land, doch lebe ich hier.
Glücklich mit dem Brot, dem Wetter, dem Bier.
Stolz auf die Gedichte und meine Geschichten
Und auf manchen Streit, konnte ich ihn schlichten.

Ich bin ein Berliner, doch bin ich mal dort,
Kann mich dort nichts halten, es zielt mich fort.
Ich bin nur glücklich, bei meiner Frau,
Ich will nichts erklären, doch weiß ich's genau.

Familie und Freunde leben in Berlin,
Doch macht mein Leben in Düsseldorf Sinn.
Egal wo ich lebe, ich bleibe dabei,
Nur mit meiner Frau bin ich glücklich und frei.

Ich komme gern zu Besuch, reise gern wieder ab,
Denn mein Leben das findet mit Karin statt.
Das kann Jeder finden, wie er es will,
Meine Heimat ist die Liebe, brüllend und still.

Ideen in Schuhen

Manchmal lauf ich durch die Straßen
Und sammle die Geschichten auf.
Manche liegen einfach rum,
Ich nehm‘ sie mit und schreib sie auf.

Andere gilt es zu entdecken,
Denn sie erscheinen winzig klein.
Aber wenn man sie erst freilegt,
Werden sie viel - größer sein.

Manchmal stoße ich auf Gold,
Doch kann‘s mit Worten nicht beschreiben,
Vielleicht ist das so ein Moment,
Von dem man sagt, - die Dichter leiden.

Weil manches nur zu spüren ist,
Aber halt nicht zu erklären,
Die Worte stoßen an die Grenzen,
So, als würden - sie sich wehren.

Ein anderes mal bin ich im Fluss,
Die Worte sprudeln aus mir raus,
Und die Geschichte auf den Punkt,
Vor Freude flippe ich fast aus.

Und ich fühl mich reich beschenkt,
Plötzlich steht die Geschichte da.
Auf dem einst leeren Blatt Papier,
Auf dem vorher gar nichts war.

Lese ich dann die Geschichte vor
Und ich merke, sie gefällt,
Weiss ich, ich hab den besten Job,
Den allerschönsten auf der Welt.

Gerade wenn nicht alles schön ist,
Ist es so wichtig das man träumt,
Und dass man nie den Mut verliert,
Weil sonst das Elend überschäumt.

Worte können was verändern,
Worte haben ein Gewicht,
In einer klaren Ansage,
Oder in einem Gedicht.

Gieß mir noch nen Wein ein

Komm, gieß mir noch nen Wein ein,
Ich bin schon wieder fertig,
Komm gieß mir mal nen Wein ein,
Ich hab schon wieder Durst.

Wir schwanken schon, wir beide,
Der Rhythmus ist echt lustig,
Gut, dass da noch mehr Wein ist,
Ich bin schon wieder durstig.

Es ist ja kein Problem,
Dass wir gerne einen trinken,
So ein Alkoholproblem
Täte mir echt ganz schön stinken.

Noch ein Glas für die Liebe
Und eins gegen den Durst.
Wie ich mich morgen fühle,
Ist mir jetzt gerade Wurst.

Die zweite Flasche schmeckt ja
Besser als die davor,
Ich schreib noch fix nen Text,
Da kommt der leckere Wein drin vor.

Ist denn auch noch Bier da,
Denn manchmal macht‘s der Mix.
Ich bin schon ziemlich heiter,
Doch zum Glück macht mir das nix.

Bald müssen wir mal schlafen,
Die Nacht wird wieder kurz.
Dem hartherzigen Wecker ist ja
Unsere Party schnurz.

Genuss ist ja so wichtig
Und genießen muss man können.
Damit es funktioniert muss man,
Sich schon mal etwas gönnen.

Komm, gieß mir noch nen Wein ein,
Ich bin schon wieder fertig,
Komm gieß mir mal nen Wein ein,
Ich hab schon wieder Durst.

Der kleine Weisheitsratgeber

RUHE JETZT

Einfach leben ist nicht schwer, Guru sein, dagegen sehr (altes Sprichwort)

Der Prophet auf dem Beifahrersitz hat keinen sonderlichen Glamourfaktor

Ok, ich bin kein Guru, was für mich auch kein Beinbruch ist. Solltest Du tatsächlich auf der Suche nach einem Guru oder Weisheitslehrer sein, kannst Du gleich weitergehen und woanders suchen. Aber unterwegs nicht vergessen, der Weg ist das Ziel und alle Antworten sind eh in Dir drin. Der Guru könnte Dir höchstens helfen sie zu finden. Aber, wie gesagt, sie sind in Dir.

Außerdem, wer weiß schon welcher Lehrer in Sachen Weisheit was taugt und zu mir passt. Ich hab da keine Lust meine Zeit mit sinnlosem Suchen zu vergeuden.

Rennen ja auch massenhaft Hochstapler da draußen rum, gerade im Esoterik- und im sogenannten Wellnessbereich.

Da kann man gar nicht genug aufpassen. Die erzählen Dir dann ungefragt ihren Mumpitz, bis Du finanziell ausgeblutet und überschuldet bist, und dann, wenn kein müder Groschen mehr aus Dir raus zu leiern ist, dann heißt es:

»Ciao, Schüler, ich hab Dir alles beigebracht, ich kann Dir nichts mehr beibringen. Gehe hin, aber geh!« Oder so ähnlich. Könnte ich mir zumindest lebhaft vorstellen.

Was ich im Laufe der Jahre gelernt habe, habe ich aus Büchern, aus Gesprächen mit Leuten, mit denen ich Lebenserfahrungen ausgetauscht habe und aus meinem Inneren. Keine Ahnung wo der ganze kluge und manchmal ziemlich weise Kram herkam. Vielleicht hatte ich es unbewusst beim Universum bestellt.

Ein paar Erkenntnisse, Tipps und Weisheiten möchte ich mit Euch teilen. Ein paar Übungen hab ich auch beigepackt, damit Ihr Im Leben und in Krisensituationen ein paar handfeste Tricks auf der Pfanne habt.

Ich könnte das Ganze jetzt noch geheimnisvoll anpreisen, zum Beispiel als Die 7 Kostbarkeiten auf Deinem Pfad zur Weisheit und Reichtum mach ich aber nicht, solche Taschenspielertricks hab ich nämlich nicht nötig.

Inhalt

Tipps für stressige Situationen
Eine Hand voll Lebensweisheiten und kluger Sprüche
Rituale im Alltag und die Zeit, die man dafür braucht
Depressiv, na und?
Nachwort
Weiterführende Literatur

Manchmal knockt einen der eigene Körper oder die eigene Psyche so weit aus, dass man gezwungen ist eine Auszeit zu nehmen um wieder fit zu werden. Das ist der Moment, wo man spätestens überlegen sollte, ob der Stress, die Hektik, die Art der Lebensführung so weitergehen soll, oder ob es eventuell einen entschleunigten, gesünderen, vielleicht sogar besseren Weg gibt.

Ich hoffe dass es bei Dir nicht so weit ist, dass der Körper oder der Geist die Notbremse gezogen hat und Du trotzdem neugierig bist, was abseits der »schneller, weiter, mehr« Straße liegt.

1. Weisheit: Das Wesentliche von Unwesentlichen trennen - und entrümpeln

In der heutigen Zeit ist es nicht einfach sich mal eine Zeit lang auszuklinken um Ruhe zu finden. Überall sind diese Werbeversprechen, der lästige Boss, der Dich auch noch im Urlaub per mail oder fernmündlich nervt. Kumpels, die mit Dir saufen gehen wollen, obwohl Du eh schon kurz vorm Leberschaden bist, mit denen Du außer einen saufen eh nichts anderes machen kannst, undundund.

Und dann möchtest Du Dich ja auch noch gesünder ernähren und in Dein neues Hobby reinlesen.

Klar, der Tag hat für jeden nur 24 Stunden, ziehen wir die Zeit für den Job, den Weg zur Arbeit und zurück und die Mahlzeiten und den nötigen Schlaf ab, ist der Rest nicht mehr sonderlich üppig. Dann rappeln ständig Nachrichten per Smartphone rein, die, wenn schon nicht wichtig, dann vielleicht wenigstens interessant oder unterhaltsam sein könnten. Selbst das Fernsehen ist zu einem Monster geworden. Was war das damals schön, früher. Als auf den vorhandenen 5 Kanälen irgendwann das Testbild nach Sendeschluss kam.

Ihr versteht was ich meine. In einer Zeit, wo jede Minute irgendwie mit Entertainment gefüllt werden kann, bleibt die Besinnung aus das Wesentliche oft auf der Strecke. Dabei verliert man gelegentlich nicht nur seine Träume und Wünsche aus den Augen, es kann einem auch gleich der Sinn des Lebens verloren gehen. Daher solltest Du Dir mal ein paar Minuten Zeit nehmen und in Ruhe die Fragen für Dich beantworten.

Gehe ich gerne meiner Beschäftigung nach?
Bin ich grundsätzlich entspannt und guter Dinge?
Bin ich glücklich in meiner aktuellen Situation?
Hänge ich zu viel vor der Glotze oder bin ich zu viel sinnlos im Internet unterwegs?
Fällt mir normalerweise das einschlafen leicht und schlafe ich genug?
Habe ich genug Zeit für kleine Auszeiten?
Genieße ich mein Leben?
Bin ich glücklich?

In Zeiten voller Reizüberflutung und permanenter Erreichbarkeit kommen die wichtigen, wesentlichen Dinge des Lebens oft zu kurz. Das soll sich jetzt ändern.

Überlege Dir gut, mit wem aus Deinem Bekanntenkreis Du wirklich gerne Zeit verbringst. Diese Leute sind wichtig. Die anderen können weg.

Das gleiche gilt auch für das Fernsehen. Welche Sendungen möchte ich gucken, ansonsten Glotze aus. Eine Internet Diät ist eine klasse Sache. Ich habe mir feste Regeln angewöhnt in denen ich online bin. Morgens 20 Minuten, nachmittags und abends auch, muss reichen. Klar, wenn wichtiges recherchiert werden muss, oder das Netz beruflich on sein muss ist das was anderes. Aber das normale Facebook scrollen ohne weiteren Sinn, das kann man bequem auf ein vernünftiges Maß runter reduzieren.

Auch der Kleiderschrank kann mal kritisch untersucht werden. Was eher aus Verlegenheit und ungeliebt seit Jahren rumliegt kann weg. Irgendwem ne Freude machen, oder Putzlappen daraus machen schont die Umwelt und kommt gut.

Kumpels die eher lästig sind, Schnorrer und dreiste Idioten haben in meinem Freundeskreis nichts zu suchen. Jedes Jahr aktualisiere ich meine Freundesliste. Wer fliegt muss nicht unbedingt Flügel haben, sag ich mal. Ohne Quatsch, jeder hat doch ein paar Leute in seinem Bekanntenkreis, bei denen es kein Verlust ist, sie mit einem fröhlichen, »Ciao Pappnase«! ihrer Wege ziehen zu lassen.

Eine aufgeräumte Wohnung sorgt für einen aufgeräumten Geist

2. Weisheit: Wer sein Ziel kennt, findet auch den Weg

Dieser Spruch, ‚Der Weg ist das Ziel', ging mir schon immer ordentlich auf die Nerven. Einen größeren Quatsch kann selbst ich mir kaum vorstellen. Der Weg mag lang und seltsam sein, aber er kann nie das Ziel sein. Der Weg ist der Weg und im besten Fall führt er zum Ziel, fertig. Wichtig ist sich Ziele zu setzen, sein Leben zu leben und zu genießen.

Die Wünsche und Ziele sind bei jedem unterschiedlich, aber eines ist immer gleich. Wer etwas neues erleben oder lernen möchte, braucht Mut und ein Ziel.

Wenn ich besser singen möchte, was ich möchte, dann kann ich noch so viele gedankliche Bestellungen beim Universum aufgeben, es wird nichts bringen. Wenn ich keinen Unterricht nehme und übe, dann wird es leider nichts.

Da zeigt mir das Universum noch nicht mal die sogenannte kalte Schulter, oder punkermäßig, den Mittelfinger.

Nichts wird passieren, wenn ich nur den Wunsch habe, aber weder Zeit noch Energie in das Ziel investiere.

Übung: Meditation über neue oder alte, längst vergessene Ziele

Stelle Dir die Eieruhr auf 10 Minuten. Setze oder lege Dich bequem hin, beruhige Deinen Atem. Atme tief ein. Halte den Atem kurz an und atme dann aus.

Wenn Du entspannt bist, richte Deine Gedanken auf Dinge, die Dir jetzt wichtig sind oder früher wichtig waren, für die Du aber nie Zeit hattest.

Denke darüber nach. Möchtest Du etwas kreatives machen? Brauchst Du dafür Material, Bücher oder ein paar Tutorials? Überlege was Du brauchst, wo eventuell Hilfe findest und wie Du es angehen möchtest.

Nach der Meditation kannst Du Dir eine Liste von Dingen anlegen, die Du brauchst oder vorbereiten möchtest.

Freue Dich auf die neue Aufgabe und die Ideen, die es in Dir auslöst. Und dann, fang an.

Weisheit:

Meditation hat nichts mit esoterischen Quatsch zu tun,
es ist eine gute Möglichkeit zur Ruhe
und zur Klarheit zu kommen

3. Weisheit: Sage nein – Nein sagen für Anfänger und Fortgeschrittene

Wenn Du etwas tun musst, worauf Du keine Lust hast, wenn Du ein ernstes Gespräch führen musst, dann ist der beste Zeitpunkt; Jetzt. Alles was erledigt ist, kann einen nicht mehr nerven, ganz einfach.

Das wichtige, klärende Gespräch ist erledigt und lässt keinen Raum mehr für »Horrorgeschichten« die Dir Dein Gehirn erzählt. Außerdem ist es ein gutes Gefühl unangenehmes erledigt zu haben.

Die Zeit für sinnlose Grübelei nimmt oft viel mehr Raum ein als das ernste Gespräch, die nötige Entschuldigung oder die Aufgabe selbst.

Es gibt für alles unangenehme nur einen richtigen Zeitpunkt, jetzt sofort, oder sobald es möglich ist. Dazu passt auch sehr gut der nächste weise Rat, gleich nach den Witz.

mein kleiner Esoterik Witz:

Eckart T.: Würdest Du bitte Dein Maul halten und verschwinden?

Dreiste Nervensäge: Wann?

Eckhart T.: Da vorhin, gestern und vor drei Jahren vorbei sind, jetzt. Es gibt leider keinen besseren Zeitpunkt mehr.

Nein sagen für Anfänger und Fortgeschrittene

Vielen Menschen fällt es extrem schwer »NEIN« zu sagen. Sei es der Freund, der einen treffen will, es aber so gar nicht in den Kram passt, oder die Bitte um Hilfe beim Umzug.

Wenn Du es nicht willst, dann sage nein. Nicht jeder Wunsch geht in Erfüllung, so einfach ist es. Mag ja sein, dass man sich irgendwie verpflichtet fühlt, aber es ist Deine Entscheidung.

Das bedeutet jetzt nicht generell alles abzusagen, aber die Sachen, auf die man keine Lust hat, aus welchen Gründen auch immer schon. Es gibt ja dreiste Leute, die gerne die Gutmütigkeit ihrer Mitmenschen ausnutzen, diese sollten sowieso aus dem Freundeskreis entfernt werden. (Siehe Weisheit 1).

Der Egoismus, den man so oft bei sich selber sucht ist auch bei anderen Menschen zu Hause. Lästige Anfragen können gut pariert werden, in dem man sich Bedenkzeit einräumt. »Ich denke mal drüber nach und melde mich in 2 Stunden bei Dir.« Zum Beispiel. Wichtig ist dann auch nach 2 Stunden anzurufen und zu sagen, dass es nicht passt. Sollte Dein Gegenüber nachfragen warum denn, oder so, einfach sagen, »ich habe drüber nachgedacht, es geht nicht, oder passt nicht. Dann kann man guten Gewissens das Gespräch beenden. Du wurdest um etwas gebeten, hast darüber nachgedacht und für Dich entschieden abzulehnen, fertig.

Gerade beim nein sagen macht Übung den Meister.

Meditation über einer Tasse Tee (Geschichte zum Thema)

Ist es nicht schön wenn man sich immer wieder ein kleines Zeitfenster einräumen kann und dabei noch extrem weise und meditativ rüberkommt? Diese entschleunigte »Atempause zur Reflexion« habe ich selbst erfunden, während ich früh morgens eine Tasse Kräutertee genoss und dabei einem kleinen, überdrehten Eichhörnchen auf der Wiese vorm Balkon beim rumturnen zusah.

In Zeiten wo auf jeden Kommentar im Internet, quasi reflexhaftes Reagieren vorausgesetzt wird, hab ich mir überlegt was für ein Luxus es doch ist, einfach mal, quasi den Gang rauszunehmen und die ganze schrille Welt ausrollen zu lassen. Ich bin schon ein gerissener, weiser Typ, könnte ich jetzt sagen, mach ich aber nicht. Ich habe bloß keine Lust auf unüberlegte und vorschnelle Reaktionen.

Und nun zur Vorgeschichte, bevor ich die Übung zeige.

Letztens, es ist noch gar nicht so lange her, rief mich Karsten, ein alter Freund an. Tolle Sache erst mal. Wir redeten also über alles mögliche und nebenbei fragte der schlaue Hund, was wir denn am kommenden Wochenende machen würden. Unschuldig sagte ich: »Keine Ahnung, wohl eher nichts.« Oder so.

»Na klasse,« erwiderte er, er hatte vor zu seiner Freundin zu ziehen und helfende Hände wären mehr als willkommen.

»Also?« Fragte er, nun entschlossen uns festzunageln.

»Können wir Samstag früh um Sieben bis maximal 21 Uhr mit eurer Hilfe rechnen? Nach der lustigen Schlepperei ist natürlich für Drinks und was zu futtern gesorgt«, meinte der dreiste Kerl und ich könnte wetten, er hatte noch nicht mal ansatzweise ein schlechtes Gewissen.

Keine Frage, er wollte mich überrumpeln. Ich hatte keine Lust jetzt Karin zu fragen wie sie dazu stand. Außerdem fand ich die Idee auch eher abturnend. Bei meinem Umzug hatte er irgend eine lahme Ausrede , die vielleicht sogar der Wahrheit entsprach. Ich ihm aber trotzdem nicht abgekauft.

Kurz bevor er mich anrief wollte ich mir einen schönen Tee machen, das Telefon hatte mich unterbrochen. Ein Anflug von Kopfschmerzen machte sich breit. Das war jetzt kein dreister Schnorrer aus dem Bekanntenkreis, das war ein alter Freund, der da was von mir wollte, auch wenn wir uns nicht mehr oft sahen und die Freundschaft im Laufe der Zeit irgendwie eingegangen war wie eine übel vernachlässigte Topfpflanze. Meine Motivation war jedenfalls irgendwo auf Wanderschaft und nirgends zu finden, wobei ich zugeben muss, nicht gerade intensiv gesucht zu haben.

Dann kam mir die Erleuchtung. Ich lese ja viele schlaue Bücher, auch Ratgeber. In einem ging es um das Thema ‚Nein sagen'.

Mal über etwas gelesen zu haben ist sicherlich ganz interessant, wenn es aber nie angewendet wird, dann sind dem Effekt überschaubare Grenzen gesetzt. Also umsetzen, war mein

Motto. Ganz nach der Devise: Übung macht den Jedi Meister.

»Hör zu, Alter, ich war gerade dabei einen Tee zu trinken, bevor du angerufen hast. Ich denk mal drüber nach und melde mich in einer guten Stunde.«

Klar war er nicht begeistert, aber damit musste er ja klarkommen. Rasch verabschiedete ich mich. Was für ein pfiffiger Schachzug meinerseits. Ich hatte versprochen darüber nachzudenken und ich hatte Bedenkzeit gewonnen.

Die Übung:

Ich besprach mich kurz mit Karin, auch ihre Lust einen kompletten Samstag für einen fragwürdigen Freundschaftsdienst in den Gully zu kicken war eher gen null.

Ich sagte Karin, dass ich eine neu erfundene Übung testen wolle und eine Stunde völlige Ruhe bräuchte, was für sie in Ordnung war. Das gute bei einem kreativen Paar ist ja, dass man den Anderen nicht zwingend als Entertainment- Programm braucht. Wir können jeder für sich ganz entspannt stundenlang rumpusseln, ohne einander zu vernachlässigen oder ein schlechtes Gewissen haben zu müssen. In einer Stunde würde sie mir bescheid geben, dass ich wieder in die sogenannte Realität zurück konnte.

Ich hatte mir ein paar Zigaretten vorgedreht. In der Küche suchte ich ganz langsam und voll auf die Sache fokussiert, meine Teekanne, Teedose und Tasse raus. Dann füllte ich Wasser in den Kocher und schaltete ihn ein. Ich empfand eine große Dankbarkeit dafür sauberes, frisches Wasser direkt aus der Wand zu bekommen. Der Duft aus der Teedose machte mich glücklich. 2 Löffel gab ich in die Kanne. Während das Wasser aufkochte zog ich mir einen Bademantel über um mich mit den Mönchen überall auf der Welt zu solidarisieren. Ein dickes Kissen und eine Decke legte ich auf den Balkon. Dort würde ich meine Teezeremonie durchziehen. Ich setzte mich in eine Art Schneidersitz, vor mit dampfte der Tee im Aschenbecher eine Zigarette. Einatmen, Ausatmen, Denkmurmel zur Ruhe kommen lassen. Und immer wieder mal am Tee nippen, fertig.

Beim trinken des Tees dachte ich an die Pflanzen, die irgend ein fleißiger Mensch mit Liebe und Sorgfalt gepflegt und verarbeitet hatte. An die tausend Schritte, die nötig waren, bis der Tee bei mir in der Tasse gelandet war.

Und immer wieder auf die Atmung achten. Einatmen, im Kopf dabei bis sieben zählen, Atem anhalten, weiter bis elf zählen. Beim Ausatmen bis achtzehn zählen und wieder von vorne.

Meditieren über einer Tasse Tee, einer nach der anderen. Gar nicht so einfach, aber, was soll‘s. Ich hab die Sache durchgezogen, auf meine Atmung geachtet und versucht den Kopf leer zu räumen.

Klar war mir schon vorher klar, dass ich das öfter praktizieren musste um gut oder ansatzweise gut zu werden. Aber egal. Die möglichst tägliche Praxis ist eine sinnvolle, schöne Sache, die der körperlichen und geistigen Gesundheit gut tut.

Nach gut einer Stunde rief ich, wie abgemacht Karsten an. Ich sagte, dass ich es mit überlegt hätte, es uns aber nicht passt.

»Was?« Schrie er in den Hörer. »Warum denn nicht, ihr könnt mich doch nicht einfach so hängen lassen.« Doch, genau das machen wir gerade, dachte ich. »Hör zu, wir haben darüber nachgedacht und uns dagegen entschieden, wir wünschen dir viel Glück, grüß die Anderen und so, ciao.« Damit legte ich auf. Der Trick beim »Nein sagen«, ist ja keine Erklärung abzugeben. Keine Rechtfertigung. Wenn ich ihn enttäuscht habe mag das schade sein, lässt sich aber nicht ändern. Er hat was gefragt, ich hab drüber meditiert, eine Entscheidung getroffen, seine Frage beantwortet und fertig.

Mir machen meine Teezeremonien richtig Laune und da ich bei uninteressantem Kram öfter mal nein sage hab ich dafür richtig viel Zeit.

Ende

4. Weisheit: Keine Zeit? Dann nimm Dir welche

Wir leben in einer Zeit in der die Menschen immer mehr Zeit haben, könnte man meinen. Nur sind die Zeiten andere als noch vor etwa 30 Jahren. Heute hat fast jeder ein sogenanntes Smartphone in der Tasche mit dem man Wunder was anstellen kann. Nur frisst es auch Unmengen an Zeit. Das ganze Internet, grundsätzlich nicht unbedingt eine schlechte Erfindung, aber zu 99 Prozent sinnloser Blödsinn, meine Meinung.

Übung: Wofür möchte ich meine Zeit nutzten?

Durch das Nein sagen kannst Du Dir eine dicke Portion Freizeit schaffen. Klasse, aber was möchtest Du damit anfangen? Mit der Partnerin in die Natur? Mehr Sport und Fitness, öfter mal einfach gemütlich lesen oder auf dem Balkon sitzen? Was Dir gut tut solltest Du tun, ist die Faustregel. Nimm Dir etwas Zeit und überlege was Dir wichtig ist, was Du machen möchtest, mit wem und mit wem auf gar keinen Fall. Lust auf ein neues Hobby, oder möchtest Du ein altes, lange vernachlässigtes wieder aufnehmen, gut, mach es! Mehr Sport? Wenn Du willst, warum eigentlich nicht. Kochen lernen? Klasse, wenn Du es kannst, lad mich mal zum Essen ein! Wir stecken voller ungenutztem Potential. Schreib Dir auf was Du gerne machen möchtest, was Dir wichtig ist. Und dann, fang endlich damit an.

5. Weisheit: Einfach sein

Warum kompliziert, wenn es auch einfach geht? Welcher Schlauberger hat sich eigentlich ausgedacht, dass alles immer komplizierter und unverständlicher wird?

Früher konnte selbst der Laie noch ein paar Kleinigkeiten an seinem Auto selbst reparieren, und heute? Pustekuchen.

Auch wenn ich das hier unheimlich verallgemeiner, Ihr wisst was ich meine. Ein Telefon sollte ein Telefon sein, das ist so gesehen schon schlimm genug. Heute reicht das aber schon lange nicht mehr aus. Es kann alles, sogar klingeln. Eigentlich bräuchte man heute eine dreijährige Ausbildung um die Fernbedienung des neuen Fernsehers zu durchschauen und zu kapieren.

6. Was Du auch tust, mach es so gut wie möglich!

Wenn Du Dich für etwas entschieden hast, dann mach das nicht halbherzig, mach es so gut wie Du kannst. Lieber weniger Aufgaben übernehmen und in denen glänzen als alles irgendwie machen und dabei nur herumwursteln.

Aufgaben müssen nicht immer Spaß machen, vieles muss einfach sein. Wenn man sich aber bemüht dieses richtig gut zu machen und den Sinn dieser Arbeit sieht, dann kann es auch zu einer wertvollen Aufgabe werden. Stupide Dinge, die mir eher keinen Spaß machen nutze ich als Meditation. Den Topf so richtig schön sauber kriegen, zum Beispiel.

Wenn ich schon keinen Bock auf den Abwasch habe, dann mache ich ihn extra mit viel Liebe und Hingabe. Klar könnte ich auch hier nein sagen, nachdem ich drüber meditiert habe, aber es ist unsere Wohnung. Und wenn wir uns hier nicht wohl fühlen, dann macht sich das ganz schnell auch in der Psyche bemerkbar.

7. Weisheit: Wann, wenn nicht jetzt?

Das sagte ja nicht nur Eckart Tolle zig mal in jeder seiner Veröffentlichungen und (fast ausschließlich) in jedem seiner Vorträge. Das sang auch mehr als ordentlich Rio Reiser.

Und sie haben ja recht. Wir leben jetzt. Alter Kram ist vorbei, die Zukunft noch kein Grund für schlechte Laune. Klar kann man mal kurz über seine Vergangenheit nachdenken, sich aber bitte nicht aufreiben und selber fertig machen. Ist doch schön, wenn man heute Dinge anders sieht und anders macht. Scheiße, wenn man früher blöd war und dämliche Aktionen gemacht hat, toll, wenn dem heute nicht mehr so ist. Und die Zukunft kommt von alleine, da bringt es nichts sich jetzt wegen übermorgen zu grämen.

Klar, wenn man nen Frühbucherrabatt mitnehmen möchte ist es sinnvoll, den Urlaub für später jetzt zu buchen. Was für ein unglaubliches Paradoxum, aber da ist es voll ok. Wer jetzt mit lieben Leuten rumsitzt, was isst und ne gute Zeit hat, ist echt blöd, mal salopp gesagt, wenn er die ganze Zeit darüber jammert, dass er selbst und die Freunde in 50 Jahren alle tot sind. Da ist es pfiffiger jetzt mit den Leuten ne richtig gute Zeit zu haben, gerade weil man vielleicht in 50 Jahren tot ist.

Tipp für stressige Situationen:

1) Die eins, zwei, drei Methode (mit der Sonderoption vier)

Bevor du etwas unüberlegtes oder gar kriminelles anstellst atme einhundert mal tief ein und aus. Wenn Du dann immer noch der Meinung bist aktiv werden zu müssen, geh spazieren oder wahlweise joggen, mindestens zwei Stunden.

Solltest Du immer noch üble Gedanken in die Tat umsetzen wollen, dann warte drei Tage ab. Spätestens jetzt solltest Du einen besseren Weg zur Lösung des Problems sehen. Vielleicht hat es sich ja von selbst erledigt, jemand hat sich entschuldigt oder Du hast gemerkt, dass Du völlig überemotional reagiert hast. Auf jeden Fall hast du bewiesen, dass Du nicht impulsiv bist, sondern ein besonnener Zeitgenosse.

Fast alles ist besser als sinnloser Aktionismus.

Wenn mein Tipp partout nichts gebracht hat, solltest Du Dir die Telefonnummern von vier Antiaggressionstrainern raussuchen und diese anrufen, einer wird schon Zeit für Dich haben.

2) Ab in die Natur:

Wir sind alle Teil der Natur, auch wenn das den Menschen in der Großstadt oft nicht so ganz bewusst ist. Wir alle sind nahe Verwandte der Pflanzen, gleich nach den Tieren aber noch weit vor den Steinen.

Ein Aufenthalt in der Natur wirkt sich positiv auf unsere körperliche und geistige Gesundheit aus. Kleines Beispiel: Der Aufenthalt in der Fußgängerzone stresst uns, selbst wenn wir nichts kaufen, der Wald oder der Park beruhigt uns.

Also, raus in die Natur, egal ob in den Wald, den Park oder ans Meer oder einen See. Das ist unser biologischer Lebensraum. Hier können wir zur Ruhe kommen und dem Lärm, der Hektik und dem Gewusel entkommen. Wenn ich früher merkte, dass ich überlastet war, ging ich in Berlin in den Zoo, bei schlechtem Wetter in das Aquarium oder in den Botanischen Garten. Der positive Effekt kam immer fast unmittelbar. Meine Atmung beruhigte sich, der Stress relativierte sich. Auch der Besuch eines alten, weitläufigen Friedhofs rückt einen sofort wieder zurecht, bringt die Verhältnisse des wirklichen Lebens wieder in die Spur.

Wir Leben eine Zeit lang, verbringen irgendwie unsere Jahre und unser Leben und werden eines Tages sterben.

Wie und mit wem wir aber unsere Zeit verbringen haben wir zum Großteil selbst in der Hand.

Der Besuch in der Natur, beim Enten Füttern oder Rehe beobachten bringt uns zurück zu uns selbst. Eine Meeresbrandung und ein Sonnenuntergang zu genießen ist ein Erlebnis auf das man sich einlassen sollte. Ein gemütlicher Spaziergang im Wald erfrischt und ist gesund. Wer dann noch Ahnung hat und Pilze sammelt, der spart bei der nächsten Mahlzeit richtig Geld und musste sich noch nicht mal im Supermarkt über irgendwas oder irgendwen ärgern.

Fazit: Es gibt viele gute Gründe in die Natur zu gehen und keinen einzigen es zu lassen.

3) Abgrenzen, abschotten, dicht machen

Manchmal ist es sinnvoll eine Mauer aus Grünzeug zu errichten, als anti Nachbarschaftlicher Schutzwall, sozusagen. Wer Ruhe will, kann das sagen oder auch zeigen. Nichts gegen Nachbarn, grundsätzlich. Nur, wenn ich auf dem Balkon meine Ruhe haben möchte, was ja mein gutes Recht ist, dann ist es ganz pfiffig, nicht gleich vom Nachbarn gesehen zu werden, wenn der kommunikativ ist einen sofort anlabert, sobald er einen erspäht hat. Klar, Mauern bauen ist in Deutschland ziemlich unpopulär geworden, aber da darf man schon mal drüber stehen. Wenn ich auf dem Balkon lese, meditiere, nachdenke oder schreibe, dann brauche ich dort Ruhe, nicht mehr, weniger aber auf gar keinen Fall. Ich bin der Meinung, wer Ruhe braucht, der sollte sie sich nehmen, ganz einfach.

Seine Wohnung kann man sich aussuchen,
die Nachbarn bekommt man als Aufgabe dazu.
Einige sind Sonnenschein, andere sind Karma

(alter Zen Spruch, Verfasser unbekannt)

4) Meditieren, mal probieren

Stelle Dir eine Eieruhr auf 10 Minuten.

Setze Dich bequem hin, atme ein paar mal tief ein und aus. Achte darauf, nicht verkrampft zu atmen. Atme durch die Nase ein und durch den Mund wieder aus.

Denke beim ein Einatmen an das Einatmen, beim Ausatmen an das Ausatmen.

Wenn andere Gedanken kommen, was passieren wird, richte Deine Gedanken wieder auf den Atem.

Diese Übung kannst Du jederzeit und fast überall auch im stehen oder liegen machen. Praktisch, wenn man im Supermarkt in der Schlange steht. Einfach die Situation als kleine Meditation nutzen. Dadurch geht es zwar auch nicht schneller, aber die Zeit wird sinnvoll genutzt.

Eine Hand voll Lebensweisheiten und kluger Sprüche

Die Zeiten sind so hektisch und betriebsam geworden, dass keine Zeit mehr bleibt um einfach nur zu sein. Ohne Sinn und Ziel einfach vor sich hin träumen, erholen, ausruhen oder komplett zur Ruhe kommen und leer werden, von Gedanken, Sorgen Ängsten und Träumen.

1) Behalt immer die Nerven, egal was passiert

Diesen Spruch hab ich in sehr jungen Jahren gehört, ihn mir immer wieder mal ins Gedächtnis gerufen und im Kopf hin und her geschoben. Ein wirklich guter Rat in vielen Lebenslagen.

Was nützt es denn in einer akuten Krise in Hektik zu verfallen? Besser ist es doch sich kurz zurück zu nehmen und mit ruhigem Kopf die neue Situation zu analysieren und dann entsprechend zu reagieren.

2) Weniger ist mehr

Wie viele Kugeln Eis auf einmal machen Dich wirklich glücklich? Muss Jeder selber wissen und je größer und leckerer die Auswahl ist, desto schwerer ist die Antwort und später man selber auch. Meist verzichte ich zu Gunsten meiner Figur ganz oder esse halt maximal 2 Kugeln ohne Sahne. Ich will hier keinem ein schlechtes Gewissen einreden aber dieses Beispiel lässt sich auch gut auf fast alle Bereiche des Lebens anwenden. Wie viele Jeans und paare Schuhe braucht man schon unbedingt? Und warum sich nicht ganz einfach, aber konsequent von zu kleinen oder ungeliebten Stücken trennen? Entrümpeln und entmüllen tut der Seele gut, keine Ahnung warum, ist aber so. Lieber weniger aber genau das Richtige als 5 halbherzige, billige Teile.

3) Nimm die Energie eines Wahnsinnigen, nicht aber seinen Aktionismus

Jedem Anfang wohnt ein Zauber inne…, meinte einst der großartige Hermann Hesse und er hatte Recht. Neue Ideen sind klasse, nur reicht die Idee leider noch nicht aus. Sie muss geplant, durchdacht, weiterüberlegt und letztlich umgesetzt werden. Daher finde ich das oben genannte Bild nicht nur gut, sondern auch passend. Neue Ideen setzen erst mal einiges an Energie frei, damit wir uns aufraffen können zu beginnen. Als nächstes sollte aber auch überlegt und in Ruhe geplant werden um dann, gut vorbereitet, weiterzumachen und seine Idee umzusetzen.

Und noch ein kleiner Tipp: Die einfachsten Pläne sind oft die besten.

4) Übergewicht ist ein Verbrechen, eine Beleidigung Gottes, nach dessen Ebenbild wir doch geformt sein sollen.

Eine kontroverse Aussage, ähnlich dem Text des Westernhagens Lied »Dicke«. Es geht ja nicht darum irgendwen zu beleidigen oder sich gegebenenfalls schlecht zu fühlen, es geht einfach darum, sich gut zu fühlen, in seinem Körper und mit ihm glücklich zu sein. Ist das nicht der Fall, nun, es gibt sicher auch für Dich die richtige Diät.

Muss ja nicht gerade die neue Modediät sein, rede mit Fachleuten, mit Deinem Hausarzt und guck Dich mal um. Wer sich mit seinen Kilos unwohl fühlt, sollte etwas unternehmen.

5) Sei dankbar!

Auch ein sehr effektiver Trick um glücklicher zu sein, einfach immer wieder überlegen für was man heute oder allgemein so dankbar sein kann. Müssen keine großen Dinge sein, da kommt einiges zusammen und es wirkt sich sehr angenehm auf das eigene Wohlbefinden aus.

Ein bisschen mehr die guten Seiten sehen hat auch noch nie geschadet. Um das Ganze noch zu vertiefen lohnt es ein kleines Dankbarkeitstagebuch zu führen, nur für sich. Einfach die kleinen guten Dinge eintragen, die über den Tag so passiert sind.

Übung: Dankbarkeitsmeditation

Jeden Abend in Gedanken 7 Minuten über die Dinge nachdenken, die einem den Tag versüßt haben, für die man wirklich dankbar sein kann.

Das kann auf den Balkon passieren, ich gucke dann immer gerne in die Sterne und meditiere über die tollen Dinge des Tages und meines Lebens. Eine Eieruhr auf 7 Minuten gestellt ist immer eine gute Meditationshilfe. Tipp: Die Eieruhr im Nebenraum aufgestellt, dann nervt das Ticken nicht.

Wem es lieber ist, der kann auch im sitzen oder liegen diese Übung machen.

6) Deine Wirkung nach außen hat immer auch einiges mit deinem inneren zu tun.

Zum Beispiel mit der Sichtweise auf die Welt, oder wie Du über Dich und Deine Mitmenschen denkst. Es ist nicht verkehrt eine gütige und optimistische Sicht auf sich und die Welt zu haben. Wie Du die Welt siehst und wahrnimmst, so ist sie für Dich auch. Klar sollte man nicht blauäugig und blau nachts durch das mieseste Viertel der Stadt wanken, aber eine Prise Optimismus ist grundsätzlich nie verkehrt.

7) Menschen als App nutzen

Während alle mit ihrem smarten Telefon vor der Nase durch die Gegend rennen und gucken ob die Bahn, die in 30 Sekunden kommen soll auch pünktlich ist, guck ich einfach die Bahngleise entlang und sehe auch so, dass der Zug da am eintrudeln ist, zum Beispiel. Wenn ich irgendwo im Urlaub bin finde ich es viel spannender mir selbst die Gegend anzugucken. Kommt zufällig einer angeschlurft, lohnt es eher den Einheimischen zu fragen wo ich was leckeres zu Essen bekomme als dass ich zum Beispiel Google frage. Auch den Weg erklären einem hilfsbereite Zeitgenossen, wenn man sie nur freundlich danach fragt. Unglaublich, heut zu Tage, aber wahr.

Rituale im Alltag und die Zeit, die man dafür braucht

Rituale haben seit Anbeginn der Menschheit Tradition. Egal ob es um religiöse Elemente oder gesellschaftliche Belange geht, sie haben oder hatten zumindest einen Sinn. In unserer heutigen Zeit finden sie aber immer weniger Raum, weil sich oft nicht die Zeit dafür genommen wird. Und doch gehören Rituale und das innehalten und das unterbrechen der Alltagsroutine zu den wichtigen Errungenschaften der Menschheit.

Egal ob es ein klassisches Gebet, wie zum Beispiel das »Vater unser« ist, ein Blick in die Sterne beim Gedanken an verstorbene Verwandte und Freunde oder eine Einschulung, das alles sind rituelle Handlungen. Es ist wichtig die Wichtigkeit des Augenblicks zu erfahren, inne zu halten oder zu Feiern.

Rituale und rituelle Handlungen sind tief verwurzelt in der menschlichen Biografie.

Wir alle sind mehr als nur DNA und ein Beutel voll Zellmasse. Wir sind kosmische und oft unfreiwillig komische Wesen.

Wir sind Menschen und das kann etwas richtig gutes sein.

Kaffee Meditation und Ritual (geht auch mit Tee)

Bei diese Übung wird der ganze »Kaffee to go Wahn« mal umgedreht. Es geht darum mit allen Sinnen und voller Aufmerksamkeit seinen Kaffee zuzubereiten und anschließend zu genießen. Mache diese Übung bitte in völliger Ruhe, ohne Radio, Fernsehen oder Ablenkung des Telefons. Nur Du und Dein Kaffee.

Räume zuerst den Tisch ab, an dem Du den Kaffee trinken willst. Sorge für eine saubere, angenehme Atmosphäre. Nur was Du dazu brauchst sollte auf dem Tisch sein, eventuell noch eine Kerze.

Nimm Dir ein paar Minuten vorab Zeit um Dich auf den Kaffee vorzufreuen. Sei ruhig stolz und glücklich, dass Du alles was für eine schöne Tasse Kaffee nötig ist schon zuhause hast. Du musst nicht erst noch mal los um Kaffeepulver, Filtertüten oder eine Maschine zu kaufen. Genieße es, dass Du gut organisiert bist. Stell Dir Deine Lieblingstasse und was Du sonst noch brauchst raus. Bereite den Filter vor, gieße Wasser in die Maschine und denk kurz darüber nach, was für ein Luxus frisches, sauberes Trinkwasser, direkt aus der Leitung ist. Denk auch an die vielen Arbeitsschritte, die nötig waren, bis das Kaffeepulver bei Dir in der Wohnung gelandet ist. Sei jetzt ganz bei der Sache, rieche das Aroma des Kaffeepulvers, wenn Du es in den Filter gibst. Mache jeden kleinsten Arbeitsgang mit voller Liebe und Aufmerksamkeit.

Bis der Kaffee fertig durchgelaufen ist, beschäftige Dich mit nichts, außer der Freude und Dankbarkeit für den Kaffee, den Du gleich genießen wirst.

Wenn Der Kaffee fertig ist, gieße Dir eine Tasse ein, aber langsam und achtsam. Genieße mit allen Sinnen den Duft, den schönen Tisch mit Deiner Lieblingstasse. Denke ein paar dankbare Gedanken an alle Menschen, die nötig waren, damit Du jetzt Deinen Kaffee auf dem Tisch hast. Den Bauern, der den Kaffee angebaut hat, die Menschen, die ihn verarbeitet, verpackt und verschifft haben. (Du musst nicht alle einzeln aufführen, Du weißt (hoffentlich) was ich meine).

Und nun trinke langsam und genüsslich Deinen Kaffee.

Hinterher räume alles wieder weg, beseitige alle Flecken und wasche per Hand Deine Tasse ab und stelle sie vorsichtig wieder an ihren Platz.

Auch wenn Dir diese Übung vielleicht seltsam vorkommt, mach sie einfach mal, der Effekt wird Dich überraschen. Es kann nie schaden etwas völlig neues zu probieren und sich angenehm überraschen zu lassen.

Die Bier Meditation (Bier bewusst genießen)

Vorbemerkung

Wenn Du Deinen Alkoholkonsum nicht im Griff hast, gehe zu den Anonymen Alkoholikern und praktiziere diese Übung nicht, auch nicht mit Malzbier oder sogenanntem alkoholfreiem Bier!

Also, ihr Trinker dieser Welt, hier ist eine Übung, die Euch gefallen wird, aber denkt daran, seid kein Gierschlund. Wer zu viel trinkt wird betrunken und die ganze Achtsamkeit geht unmusikalisch flöten.

Bei Deiner Achtsamkeitsübung solltest Du nicht durch andere Gedanken, das Fernsehen, Radio oder deine Mitmenschen abgelenkt sein. Dein Leitsatz für diese Übung lautet: Wenn ich Bier trink, dann trinke ich Bier.

Übung

Dein Bier sollte gut gekühlt sein, wenn Du es achtsam vor Dich hinstellst. Ob in einem sauberen, schönen Glas, frisch aus der Zapfanlage oder aus der Flasche bleibt Deinen Vorlieben und Möglichkeiten überlassen.

Das Bier steht vor Dir. Und nicht nur das. In ihm steckt auch die Sonne, der Regen, die Arbeit der Bauern, die das Getreide anbauen, die Erde in dem das Korn und die Gerste gewachsen sind.

Atme ein paar mal tief ein und aus und denke kurz darüber nach, bevor Du mit dem trinken beginnst. Denke auch an all die fleißigen Leute, die nötig waren, bis das Bier hier zu Dir gelangt ist. Die Bauern, die Einkäufer, die Arbeiter, die Wirte und Fahrer oder die Supermarktmitarbeiter. Danke ihnen kurz in Gedanken. Denke auch an das Jahrhunderte alte Handwerk, das nötig war, um dieses Bier zu brauen. Genieße mit allen Sinnen, rieche an dem Bier und nimm einen ersten Schluck. Du hast es Dir verdient. Schmeckst Du die Sonne, den Wind, den Regen, die Arbeit, die darin steckt?

Noch nicht, gut, Es ist ja noch was da. Nimm noch einen Schluck, aber mit allen Sinnen. Solltest Du in geselliger Runde sein, proste Deinen Mitmenschen zu, die alle mitmachen und weder über Sorgen noch über Sportergebnisse oder anderen Kram nachdenken. Dies ist Eure Bier Meditation. Sie verbindet Genuss mit Achtsamkeit. Denkt daran wie schön es ist, dass ihr hier dieses Bier in Ruhe und mit allen Sinnen trinken könnt. Seit dankbar, den Menschen und der Schöpfung, dass es dieses wunderbare Getränk gibt und Ihr es jetzt und hier genießen könnt.

Seit auch Euch selbst gegenüber dankbar, dass Ihr so wunderbare Teile dieser Welt seid. Und trinkt noch einen weiteren Schluck in Achtsamkeit. Lasst Euch Zeit. Es ist das Gegenteil von Saufen, es geht um den Genuss und den Augenblick. Es ist eine Auszeit, die Du Dir gönnst. Es ist ein Moment, der nur Dir und Deinem Bier gehört

Nachbemerkung

Diese Übung habe ich entwickelt, weil ich damit den normalen Menschen mit seiner Spiritualität und der Achtsamkeit bekannt machen möchte. Genuss ist etwas, das in der heutigen Zeit viel zu wenig Raum findet. Vielleicht ist es genau diese Übung, die Dich der Achtsamkeit und der Meditation etwas näher bringt, es würde mich freuen. Über Deine neuen Erfahrungen mit der Achtsamkeit und dieser Übung möchte ich gerne mehr erfahren, schreib mir, wenn Du möchtest gerne eine Mail. Die Adresse findet sich am Ende des Buches.

Achtgeben auf sich selbst ist gar nicht so einfach, aber so wichtig

Wer gelegentlich inne hält, meditiert und auf seine Empfindungen achtet, der ist nicht nur entspannter unterwegs, was schon mal einen positiven Effekt auf die Gesundheit hat. Er bekommt auch früher mit, wenn sich gesundheitlich was anbahnt.

Die Möglichkeit sich zu erholen, den Gang rauszunehmen und sich etwas gutes zu tun um dem Ausbruch einer Krankheit vorzubeugen ist ein toller Nebeneffekt der Achtsamkeit.

Wer öfter auf seine Intuition hört, gelassener und wohlwollender sich selbst und seinen Mitmenschen gegenüber unterwegs ist, der ist grundsätzlich besser gerüstet gegen akute Erkrankungen. Und ein besserer, entspannterer und netterer Zeitgenosse ist man nebenbei auch noch.

Die Lage ist hoffnungslos, aber nicht ernst

Grundsätzlich tun wir gut daran uns selbst, unsere Mitmenschen, Vorgesetzte und Amtspersonen im speziellen und das Leben an sich nicht zu ernst zu nehmen. Generell sollte man keine Autorität einfach so als gegeben hinnehmen. Glaubwürdig sind viele ja nur so lange, bis der ganze Mist an die Oberfläche kommt, lange buddeln ist da oft gar nicht nötig.

Das Leben ist eine spannende, interessante und tolle Sache. Wir sollten froh und glücklich sein und unsere Zweifel und Sorgen mal auf den Prüfstand stellen. Leben und glücklich und gut drauf sein schließen einander nicht aus, im Gegenteil. Wir sind hier, auf dieser Kugel namens Erde um uns eine gute Zeit zu machen, unsere Träume und Ziele zu erkennen und einige davon umzusetzen. Davon bin ich überzeugt.

Irgendwann wird Dich der Tod wie ein Versehen ereilen.

Wir haben diese Leben

Eventuell nur dieses eine. Also ist es unsere Pflicht dieses Leben so gut und schön und intensiv wie möglich zu leben. Wir sollten uns nur und ausschließlich nur mit Menschen abgeben, die uns guttun. Klar kann, das zum Beispiel im Beruf, schwierig sein. Aber in allen anderen Bereichen, sollte das die oberste Maxime sein. Was einen glücklich macht ist individuell unterschiedlich, finde raus was es bei ist. Der Eine puzzelt gerne, der Andere malt gerne, der Nächste Joggt durch die Gegend. Ich habe festgestellt, dass diese Ausmalbilder unheimlich Laune machen und den Geist beruhigen.

Schnapp Dir ein paar Buntstifte und leg los, trau Dich! Tu es einfach. Es geht nicht darum etwas perfekt auszumalen, es geht um den Spaß an der Sache.

Nur so, kreativ sein

Mitunter sind es die Verrückten, die im Nachhinein gar nicht mehr so verrückt erscheinen. Also, einfach mal ein Bild malen, eine Geschichte schreiben oder stricken, wenn Dir nichts besseres einfällt, einfach mal machen, muss ja nicht gleich ein Meisterwerk werden.

Zitat: Daniel Morgenroth

»Manchmal glaube ich: Depressiv zu werden, das ist die einzig angemessene Reaktion des noch lebendigen Menschen auf die Art von Gesellschaft, in die er heute hineingeworfen wird.«

Depressiv, na und?

Depressive sind für sich selbst und für andere, besonders für ihre Liebsten oft kaum zu ertragen.

Es gibt Tage, die könnten von mir aus direkt in den Gully wandern. Tage an denen es für mich keine Hoffnung, keinen Trost und keine Motivation gibt. Scheißtage. Schwarze Wolke, no fun. Dafür braucht es keinen Grund, sie sind einfach da, ohne sich anzukündigen, ohne anzuklopfen.

Gibt es da keine Pille gegen? Nun, darüber kann man sehr gut streiten, wenn es einem wieder besser geht. Ich kann nur von mir ausgehen. Es gibt nichts, was die Depression verhindert. Vielleicht wird der Absturz gebremst, der Aufprall nicht so heftig. Die Kehrseite ist aber, dass auch im Alltag meine Emotionen in der Zwangsjacke stecken. Kein dufter Umstand, wenn man seine Gefühle, alle Emotionen, braucht, um sich als Mensch ganz zu fühlen. Ein blöder Teufel, diese Depression.

Patentrezept gefällig? Sorry, kann ich nicht mit dienen. Jeder muss sehen, was ihm gut tut.

Jeder hat die Aufgabe herauszufinden, wodurch er sich das Leben erträglicher machen kann. Was aber durchaus jedem Betroffenen zu empfehlen ist, achte auf dich. Pass auf, ob es Gedankenmuster oder Situationen gibt, die die Depression einladen.

Nimm Rücksicht auf Dich, nicht auf andere, wenn es letztlich auf Deine Kosten passiert. Der oft gebrachte Rat, sich doch mal zusammen zu reißen ist Quatsch. So läuft das im Jammertal nicht. Niemand, der in einer Depression steckt kann sich zusammenreißen. Wenn es so einfach wäre, täten es die meisten

Betroffenen. Einfach zusammenreißen und die Sonne scheint wieder, super Sache.

Leider ist es nicht so leicht, da raus zu kommen. Da nützt auch keine Shoppingtour oder das Treffen mit dem Lieblingsstar. Abgesehen davon, dass es durchaus schwer ist, einen akut Depressiven dazu zu motivieren überhaupt die Wohnung zu verlassen. Die Depression passiert in dem Menschen und kann auch nur dort gelindert werden. Bei manchem vielleicht mit Medikamenten und einer Therapie. Andere nutzen Meditation, stellen ihre Ernährung und Gewohnheiten um und haben damit Erfolg.

Ganz wichtig ist es aber, sich selbst mit seiner Krankheit zu akzeptieren. Sie nicht als Makel oder Schwäche zu betrachten. Kein Mensch würde sich selbst hassen, weil der Heuschnupfen hat, aber eine psychische Geschichte nimmt man schon persönlich. Pech gehabt, dafür stört mich kein Pollenflug, sollte eine gute Reaktion auf die Depression sein. Nicht falsch verstehen, hier wird keine Krankheit bagatellisiert. Und so einfach ist es natürlich nicht, aber man kann versuchen sich mit dieser beschissenen Krankheit zu arrangieren.

Heute berichten Rockstars und Spitzensportler von ihrer Depression. Man ist nicht allein damit. Es ist keine Krankheit die heute im Irrenhaus mit Elektroschocks behandelt wird, während der Zimmernachbar sich für Napoleon hält. Es ist eine fiese, hinterhältige und miese scheiß Krankheit. Nicht mehr und auf keinen Fall weniger, aber nichts, worüber man sich nicht normal und in Ruhe unterhalten kann. Es ist nichts, wofür es sich zu schämen lohnt. Es ist unlustig, die Medikamente haben ätzende Nebenwirkungen und eine Heilung ist auch mit Pillen nicht in Sicht. Trotzdem, kein Grund durchzudrehen.

Ich glaube auch nicht, dass ein akut Depressiver in der Psychiatrie gut und richtig aufgehoben ist. Da wäre ein normales Krankenhaus, ohne nervige, stressige Mitpatienten sinnvoller. Auf einer ruhigen Station mit gut ausgebildetem Personal, welches sich mal ein paar Minuten Zeit nehmen kann, könnte der Betroffene viel besser und schneller genesen, als in der reizüberfluteten Umgebung einer deutschen Durchschnittspsychiatrie.

Angehörige brauchen Geduld, sie sollten nichts dramatisieren, Raum geben und eine entspannte Stimmung beibehalten. Wenn der Depressive auch noch merkt, dass er alle anderen runterzieht ist das nicht gerade ein Highlight in seiner Situation. Der Betroffene ist vielleicht gerade jetzt, in seiner Situation viel sensibler als in seinem sonstigen Alltag. Vielleicht hat er auch irrationale Ängste, da hilft es nicht, auch noch den hysterischen Angehörigen oder belästigten Ehepartner zu geben.

Oder, noch schlimmer, ohne Fachmann und allein den Retter zu spielen, der man leider nich sein kann. Es gibt gut ausgebildetes Fachpersonal unter den Ärzten und Psychologen, es ist ihr Job, nach Lösungen zu suchen. Nicht die Aufgabe des Lebenspartners.

Gut ist es vielleicht, sich einer Selbsthilfegruppe für Angehörige von Depressiven anzuschließen. In Ihrer Region gibt es keine? Egal, Schwupps, wird eine gegründet. Sie werden überrascht sein, wie schnell das Ding voll ist. Keiner ist allein, kein Angehöriger, kein Betroffener, man fühlt sich nur gelegentlich so. Wichtig wäre es auf jeden Fall, dass die betroffenen Angehörigen einen fachlichen Ansprechpartner hätten.

Seit ich mein Krankheitsbild akzeptiert habe ist es für mich um einiges einfacher geworden, damit umzugehen. Es ist nicht mehr mein peinliches Geheimnis. Es ist einfach nur eine beschissen anstrengende, aber wenigstens nicht ansteckende Krankheit, die mir zwar den Tag, oder die Woche, aber nicht das ganze Leben versauen kann.

Mir ist klar, dass meine Tipps keinem nützen, der zum ersten Mal akut in einer üblen Depression steckt. Er kommt da heraus, vielleicht wird sie sein lebenslanger Begleiter. Das ist nicht das Beste, was einem passieren kann, aber leider eine Tatsache, die viele Menschen betrifft. Man kann sich damit arrangieren, ihr den Schrecken nehmen. Irgendwann weis man, das es wieder kommt und was einen erwartet. Der Typ mit dem Heuschnupfen hat auch keine Lust darauf.

Du hast vielleicht diese miese Krankheit, aber du bist nicht Deine Krankheit. Du hast tausend gute Eigenschaften, diese Krankheit ist nur durch dummen Zufall in ein Leben gekommen. Lass nicht zu, dass sie Dir dein Leben zu stark beeinflusst. Klar reden Ärzte am liebsten von Medikamenten und meinen es bestimmt gut, aber ohne begleitende Gespräche, eventuell eine Therapie, einen durchstrukturierten Tag und ein paar gute Freunde, welche mit einem klar kommen und über Deine Krankheit Bescheid wissen nützt auch keine Pille.

Achtsamkeit und Meditation können sehr gut helfen, nicht direkt in einer akuten Phase, aber generell. Wer sich selbst gut kennen lernt, hat eine Ahnung davon, was einem gut tut, was einen stresst und was für einen schlecht ist. Wer dazu auch noch auf sich und sein Innenleben achtet, der hat gute Chancen durchaus klar zu kommen.

Natürlich ist das Selbstbewusstsein ausgeschaltet, wenn ich

depressiv bin. Aber es ist gut, wenn ich diesen Zustand für mich dann erkenne und mir klar mache, dass es auch wieder besser wird. Wenn ich es dann auch noch schaffe in den Park zu gehen, mich auf die Natur konzentriere und versuche mich selbst nicht zu wichtig zu nehmen, dann bin ich schon mal auf einem guten Weg.

Bestimmt gibt es Leute, die so schwer betroffen sind, dass all meine Tipps nichts bis wenig nützen. Da muss dann vielleicht wirklich mit Pillen Anschub gegeben werden, aber bitte nicht nur. Das Gesamtpaket führt zur Besserung. Trotzdem glaube und hoffe ich, dass viele Betroffene oder deren Angehörige aus meinen Überlegungen etwas für sich mitnehmen können.

Also zusammengefasst.

- Die Situation und die Krankheit annehmen, sich aber nicht damit identifizieren
- Mach Dir klar, dass jeder Schub ein zeitlich begrenzter Zustand ist
- versuche dich selbst nicht zu wichtig zu nehmen
- versuche entspannt mit der Krankheit umzugehen
- mach dir klar, dass an Deiner Krankheit nichts Peinliches ist
- guck, was Dir gut tut und setze es um
- Du bist wertvoll und wichtig, vergiss das nie
- Du bist nicht allein, Ärzte, Selbsthilfegruppen können nützlich sein
- Lebe, egal wie

Nachwort:

Natürlich bin ich nicht rund um die Uhr total entspannt und weise und meine Psyche macht mir immer wieder mal zu schaffen. Aber dank der Achtsamkeit im Alltag, der Meditationen und der Rückzüge in die Natur und in mich selbst komme ich immer besser klar. Auch die klugen Tipps und Sprüche, die ich hier mit Dir geteilt habe, helfen gut dabei, dass stressige Situationen und nervige Leute ohne Schaden anzurichten an Dir abperlen.

Diesen kleinen Weisheitsratgeber habe ich in mein Buch mit Geschichten mit eingebaut, weil einige vielleicht nicht auf die Idee kämen, sich mit Achtsamkeit und Meditation auseinander zu setzen. Aber vielleicht ist dieses Kapitel für gerade diese Leute ja ein besonders spannendes und wichtiges.

Der Musiker Heinz Rudolf Kunze hat den klugen Satz geschrieben: *Was das Leben betrifft, sind wir alle Amateure, blutige Laien und Anfänger.*

Das trifft auf uns alle zu, besonders auch für Meditierende und Achtsamkeit praktizierende. Wir fangen jeden Tag neu an. Immer wieder nutzen wir die Werkzeuge des Mitgefühls, der Weisheit und der Achtsamkeit – und werden mit der Zeit immer besser.

Wer das so weit spannend fand, dem empfehle ich hier gleich noch ein paar tolle Bücher, die das Ganze vertiefen

Nein Sagen/ Sachen und das Leben vereinfachen:

Werner Tiki Küstenmacher: Simplify your life Campus

Egal ob es ums entrümpeln des Freundeskreises, der Wohnung und des Arbeitsplatzes geht, dieses Buch sollte man haben, wenn man es ernst meint. Auch als Geschenk immer eine tolle Sache.

Jetzt:

Eckhart Tolle: Jetzt! Die Kraft der Gegenwart J. Kamphausen
Eckhart Tolle: Eine neue Erde Arkana

Die Bücher von Eckhart Tolle gelten nicht umsonst zum wichtigsten zu diesem Thema. Auf jeden Fall eine klare Empfehlung. Das sind kluge, schöne und inspirierende Bücher, mit denen man nichts verkehrt macht.

Achtsamkeit:
Patrizia Collard: Das kleine Buch vom achtsamen Leben Heyne
Ein klasse Einsteigerbuch mit vielen kleinen Übungen, auch für (sogenannte) Lesemuffel geeignet

Mark Williams: Das Achtsamkeitstraining mit Meditations-CD

Halko Weiss: Das Achtsamkeits-Buch Klett-Cotta

Halko Weiss: Das Achtsamkeits-Übungsbuch Mit Übungs-CDs Klett-Cotta

Meditation:

Jon Kabat-Zinn: Im Alltag Ruhe finden /Gesund durch Meditation Knaur

Peter Sedlmeier: Die Kraft der Meditation Rowohlt

John C. Parkin: Fuck it! Eine ganze Reihe guter Bücher Artison

Die Fuck it Reihe zu lesen, die Übgen zu machen
und sich mit dieser Philosophie zu
befassen macht nicht nur Spaß,
das ist moderne Meditation

Sahnestücke

Eine bunte Mischung mit Geschichten aus meiner Historie und einige schöne neue. Hier dürfen auch ein paar Sonderfälle erscheinen, die vielleicht untypisch für mich sind, aber ihre Berechtigung haben. Ich schreibe ja auch für mich. Lassen Sie sich einfach mit dieser Wundertüte überraschen. Was bleibt mir jetzt weiter übrig als »viel Spaß« zu wünschen?

Schlechte Angewohnheiten

Manche Menschen haben viele davon, vielleicht zu Recht, eventuell, weil sie einfach böse sind, egal, Menschen mit schlechten Angewohnheiten kotzen mich ziemlich an. Auch Pflanzen können ziemlich lästige Angewohnheiten haben, zum Beispiel Peter, meine Primel.

Damals gönnte ich ihm ein paar Stunden Fernsehen, neben meiner Kaffeetasse, als Wiedergutmachung für das vergessene Gießen. Aus Schusseligkeit blieb Peter dort die nächsten Wochen stehen, erholte sich zusehends und sah bald wieder so fit und fröhlich aus, wie an dem Tag, als ihn mir meine Mutter zum Geburtstag ins Haus brachte. Irgendwann bekam ich einen Rappel und wischte den Tisch ab.

Um das richtig zu machen stellte ich alles, was dort nichts zu suchen hatte, an seinen eigentlichen Platz, auch Peter. Er stand nun wieder neben Kakki, dem Kaktus, jenem Helden, den noch nie etwas erschüttern konnte, noch nicht mal der Sturz von einem einen Meter hohen Barhocker, den Herrmann versehentlich im Schlaf um trat, als er mal besoffen bei mir übernachtete. Diese Geschichte ist schon ein paar Jahre her, und Herrmann darf sich gelegentlich betrinken, er ist schließlich Liedermacher, Punkt. Nun stand also Peter wieder neben Kakki, so wie früher, als alles noch normal war.

Ein paar Tage war alles OK, vielleicht auch nicht, ich achte schließlich nicht jeden Tag ausgiebig auf meine Pflanzen, es reicht mir, dass sie da sind und tun, was ihre Aufgabe ist: Wasser saufen und nett aussehen. Nach zwei Wochen bemerkte ich aber, dass Peter gar nicht gut aussah, eher im Gegenteil. Er sah aus, als wäre er bald reif für die Mülltonne, er ließ sich gehen, wirkte verwahrlost und runtergekommen, wie ein fünfzigjähriger Punk, der immer noch zu jedem Konzert rennt und nicht merkt, dass seine Uhr abgelaufen ist. Hab ich Peter zu wenig Wasser gegeben?

Nein, die Erde war sogar noch etwas feucht, Licht bekam er auch genug, aber nicht zu viel, also alles bestens, eigentlich, aber Peter war krank.

Er war, ohne dass ich es mitbekam, zu einem Junkie geworden, dies zu begreifen dauerte bei mir etwas, wer erkennt schon die brutale Wahrheit, wenn sie einem ins Gesicht schreit?

Zuerst gab ich ihm einen Schluck kalten Kaffee als Dünger, aber er kränkelte weiter rum, wie einer, der schon das Licht und seine längst verstorbenen Lieben sieht. Sehen Pflanzen auch ein Licht, wenn sie hier, auf Erden, wegsterben?

Egal, damit sollen sich Botaniker befassen. Ich überlegte, was ihm fehlen könnte, irgendwann fiel es mir ein. Er hatte sich in meinen Couchtisch verliebt. Er brauchte nicht nur ihn, sondern auch meine körperliche Nähe, das musste es sein. OK, Kumpel, Umzug, zurück, neben meine Kaffeetasse.

Außerdem hatte Peter nun auch wieder eine gute Sicht auf den Fernseher, und er schien gern in die Glotze zu gucken. Egal ob Kulturzeit, Spätabendschau oder ‚Columbo', er blühte richtig auf, unter dem eigenartigen Licht des Fernsehers, welches auf seinen Blättern schimmerte. Er wurde immer fitter, als ob ich ihm Dopingmittel ins Wasser gegeben hätte, was ich aber nicht tat, ich schwöre, euer Ehren, ich habe Peter, die Primel nie wissentlich gedopt.

Und halten Sie mich für verrückt, oder auch nicht, aber am glücklichsten wirkt Peter, meine fernsehsüchtige Primel, wenn der Tatort läuft, ich auf der Couch mit ihm und den Kommissaren mit fiebert und in der Tasse frischer Kaffee dampft.

Ende

Das tanzende Vogelwesen

Manchmal zappe ich so durch die Programme, im Fernsehen, und wundere mich. Brauchen die Menschen wirklich all diese Klingeltöne, und den ganzen Mist, für den dort teure Werbezeit verballert wurde? Im nächsten Kanal will mir ein, idiotisch angezogener, Berufsjugendlicher etwas über Trends und Kult erzählen. Dazu sitzen zwei Elfjährige bei ihm auf der Couch und reden darüber, wie wichtig es ist trendy zu sein, und das die Verkäufer bei H&M echt Ahnung haben.

Ich bin ja eher der Meinung, man sollte selber Trends erfinden, nach dem eigenen Geschmack, zum Beispiel. Und wenn ich etwas Kultiges sehen will, gucke ich mir Ernst in seiner Kneipe an, oder fahre in nach Kreuzberg und gehe zu York Records, dem Plattenladen meiner Wahl.

Kaum bin ich im Laden, wird mir nach der Begrüßung, ein eiskaltes Bier in die Hand gedrückt. Der Verkaufstresen ist gleichzeitig eine improvisierte Bar für Freunde, Gemütlichkeit wird hier nicht mit »zusammen fernsehen«, verwechselt. Wie es nun mal bei kultigen Läden üblich ist, verirren sich die kuriosesten Figuren in den Laden.

Am Mittwoch besuchte ich den Laden, ich hatte Durst und ein paar überflüssige Stunden Zeit übrig. Ich kam aus der Bullenhitze in ein angenehmes, Nikotingeschwängertes Klima. Ein paar bekannte Gesichter saßen vor dem Tresen und laute, psychedelische Musik waberte aus den Boxen.

Kaum hatte ich meine Zigarette fertig gedreht, kam ein Typ in den Laden, der vor Dekaden, seine besten Jahre hinter sich gelassen hatte. Einen steinernen Bierhumpen hatte er in seiner vogelartigen Klaue. Das Gesicht war ausgezehrt, die Klamotten hatten ihre besten Jahre auch schon hinter sich, und ließen darauf schließen, dass er früher mehr Geld für Lebensmittel übrig hatte. Sein Alter schätzte ich auf Mitte Vierzig. Durch die Musik verführt, kam er in den Laden getanzt, um dann vor dem Tresen eine selbstvergessene Tanznummer vorzuführen. Ansprechbar war er nicht, unzählige Versuche führten ins Leere. Dafür begann er ein »Schubidu« zu singen, und auf freie Regalflächen zu trommeln. So richtig schockiert waren wir nicht, Berlin ist schließlich die Hauptstadt der Verrückten. Günther, der Besitzer des Ladens, ließ sich nicht aus der Ruhe bringen, er sog an seiner gestopften Zigarette, da erwachte der vogelartige Tänzer.

»Gib mal, lass mich auch mal ziehen«, geiferte er.

»Da ist nichts drin, das ist kein Joint«, meinte Günther, aber dem Kerl war es egal, viel schien er eh nicht mehr mitzubekommen. Gierig sog er den Rauch ein, und ich könnte wetten, dass der Placeboeffekt sein übriges zur ausgelassenen Stimmung des Vogelwesens beitrug.

»Netter Laden hier, die vielen Platten…- echt nett, » meinte Vogelwesen. Günther hatte ihn aber nicht richtig verstanden, vielmehr fühlte er sich beleidigt. Wenn man sich einen langhaarigen Mann mit grauem Schopf und Bierbauch vorstellt, dazu eine Mine, welche von Gelassenheit zu Wut wechselte, dann kann man sich den Spaßfaktor vorstellen, der sich bei uns Übrigen einstellte.

»Alter, pass auf was du sagst, ich komm ja auch nicht zu dir nach Hause und frag, wie sieht's denn hier aus, ich bin ja ein gutmütiger Mensch, aber, sensibel.«

In seinem Stuhl nahm Günther eine drohende Haltung ein, sprungbereit, kampfbereit, entschlossen seine vermeintlich angekratzte Ehre, notfalls mit Gewalt wieder herzustellen. Vogelwesen war aber schon wieder in den Tönen versunken, tänzelte durch den Verkaufsraum, wie ein verstaubter Hippie, den man beim Aufräumen in Woodstock, hinter den Dixiklo's gefunden hatte. Wir versuchten Günther zu erklären, dass der Mensch doch gar nichts Böses gesagt hatte, überzeugt schien er aber nicht.

»Solche Typen bewahren mich vor der Psychiatrie«, knurrte er.

»Diese Typen bereiten dich darauf vor, » entgegnete ich.

Der Humor gewann wieder die Oberhand, und die Gewaltbereitschaft verschwand mit der nächsten Zigarette und dem nächsten Bier. Vogelwesen war noch einmal Kommunikativ, als er Günther seinen leeren Krug hinhielt. So richtig böse war er nicht mehr, und gab Vogelwesen einen Schluck, aus seiner angebrochenen Flasche.

Auch eine neue Platte, konnte Vogelwesen nicht am abhotten hindern, auch unsere Scherze auf seine Kosten, schienen ihn nicht zu erreichen, irgendwann war mein Bier alle und die Musik zu laut und zu experimentell, ich verabschiedete mich und trat in die Gluthitze, dieses Prachtsommertages.

Ende

In liebevoller Erinnerung
an Günther und seinen kultigen Plattenladen

Ich war noch niemals in New York

Paul schaltete den Fernseher aus, seine Zigaretten waren fast alle, und er wollte noch einmal zur Esso Tankstelle, vier Ecken weiter. Dann noch einen Spaziergang und dann ab ins Bett, morgen musste er wieder zu Reichelt hinter die Wursttheke. Es war ja nicht so, dass es diesen Job liebte, es hasste ihn, aber das Geld war ein nicht zu ignorierendes Argument.

Er zog sich seine Lieblingsjacke an und gab Heike einen mechanischen Kuss. Liebe, dachte er bitter, mit Liebe hatte das ganze Laientheater nichts mehr zu tun. Was sie hier spielten war eher ein zynischer, ein bitterer Scherz, der mit Liebe so viel zu tun hat, wie Erbsensuppe mit Karohemden.

Heike hatte ihn noch nicht einmal angesehen, als er ihr diesen Reflexkuss gab.

Ihr Arztroman war wohl auch viel aufregender als ihr gelähmter Alltag. Tja, ihre Träume waren nie in Erfüllung gegangen, er hatte sein Jurastudium geopfert, als er in die Taxibude ihres Vaters eingestiegen war, und nun roch er jeden Abend nach Wiener Würstchen und hasste sich für sein beschissenes Verkäufergrinsen, wenn er jeden, selbst den letzten Wichser fragte, »haben sie sonst noch einen Wunsch?«

Er hasste seinen Chef, einen 24 jährigen Betriebswirt, der ihn nicht weniger verachtete. Der Klugscheißer gab einen guten Diktator ab, wenn er zwischen dem Konservenmüll und den leeren Kartons rumbrüllte und Angst bei den Kassenmädchen verbreitete.

Leben findet woanders statt, dachte er sich, als er seinen 38 jährigen Körper durch das Treppenhaus nach unten bewegte. Überall waren die Menschen glücklich, an jedem Ort, an dem er sich nicht befand. Jeden Freitag, in der Mittagspause, ging er zu der Esso Tankstelle und gab seinen Lottoschein ab, meistens wurde er enttäuscht. Nur einmal hatte er 11,90 Euro gewonnen.

Das Leben hat mich verarscht und betrogen, ging es ihm durch den Kopf, Glück hatten immer die Anderen.

Als er auf die Straße trat bellte Rex, der gemeine Schäferhund von Burgschneiders, Herr Burgschneider war der Hauswart und lies um diese Zeit immer seinen Hund auf die Wiese vor dem Haus scheißen. Dies war sein Erziehungsauftrag.

Wenn Kinder spielen wollen, dann müssen sie woanders hingehen, so einfach war das für ihn. Paul hatte das Gefühl, dass es seit dem zweiten Weltkrieg viele kleine Diktatoren gab, zu viele. Es gab Situationen, in denen wünschte er sich einen Elektroschocker, den er jedem dieser kleinen, aggressiven Mistkäfern an den Hals hielt, um sie etwas zucken zu lassen.

Immer, wenn ihm solche Gewaltfantasien durch den Kopf gingen, war das Gewissen nicht weit, welches ihn, etwas

später erreichte und ihm ein böses Geschwür aus Selbsthass und Magenbeschwerden bereitete.

Herr Burgschneider zerrte an der Hundeleine und grinste sein selbstgefälliges Hausmeisterlächeln. Paul steckte sich seine letzte Zigarette zwischen die Zähne.

»Aber die Kippe nicht auf den Boden werfen, klar?«

Paul steckte sich die Kippe an, als ihn Herr Burgschneider auf die Schulter tippte.

»Ob sie mich verstanden haben,« in diesem Moment boxte

ihm Paul in den Magen und griff sich seinen Kragen.

Sein Gesicht war verzerrt, als er den Kerl durchschüttelte und ihm leise, bedrohlich anzischte.

»Fass mich nie wieder an, stinkende Schweinebacke.«

Verstört befreite sich der Hauswart, sein Hund begann zu knurren, dann entfernte sich das Männchen. Aus einiger Entfernung rief er, »sie sind ja verrückt geworden, total von der Rolle, aber keine Angst, davon informiere ich die Hausverwaltung, sie gehören ja in die Irrenanstalt, sie Saukerl.«

Dann drehte er sich um und rannte mit seinem Hund davon. Zum ersten mal seit Monaten war Paul stolz auf sich. Nur um dieses blöde Gesicht kurz voller Angst zu sehen, dafür hatte sich diese Aktion gelohnt, mit all dem Ärger, den dieser Ausbruch mit sich bringen konnte. Mit einem guten Gefühl ging er die Straße herunter, ihm war danach ein Lied zu singen, was er dann auch tat. Er fühlte sich plötzlich gut, jung und gefährlich. Er spürte sein Leben zurückkehren, er war voller Ideen. Übermütig rotzte er einen schleimigen Klumpen auf die Frontscheibe von Herrn Burgschneiders Golf.

Dieser alte Frührentner mit seinem stinkenden, lauten Hund hatte ziemlich blöde ausgesehen, er freute sich wie ein kleiner Junge darüber. Wie der kleine Junge, den er längst begraben glaubte. Fröhlich, und etwas stolz auf sich, lief er durch diesen schönen Abend.

Er fühlte sich kein bisschen schlecht, weil er die alte Meckermumie geboxt hatte, im Gegenteil. Das Leben ist schön, kam es ihm in den Sinn, auch er konnte glücklich sein, nicht immer nur die Anderen.

Wenn jetzt Winter wäre, würde er einen Schneemann bauen, aber jetzt war Sommer. Warum nicht irgendwo ein Bier trinken, oder auch zwei. Er war erwachsen, er konnte tun und lassen, was er wollte.

Ja, er war erwachsen und frei.

Ende

Überall nur Dixi-Klos

Ich wohne schon in einer unschönen Wohngegend, wenn da aber einem ein Dixi-Klo auf die Wiese gestellt und nie wieder abgeholt wird, fängt die Sache an zu stinken.

Eine Baustelle in unmittelbarer Nachbarschaft ist ekelhaft, kaum kratzt sich der erste kackende Waldi die Falten aus dem Sack, geht auf der Baustelle der Krach los. Schlafen ist dann Fehlanzeige, dafür pfeift der Tinnitus im Takt einer außerirdischen Melodie.

Nun, wir hatten so eine Baustelle, die Fassade wurde, mal wieder, in einem neuen Grauton angepinselt, dazu wurden noch ein paar morsche Fenster raus gerupft und durch schönere, zumindest aber neuere ersetzt. Und wäre das nicht alles beschissen genug, wurde auf die Wiese vor meinem Wohnhaus ein blaues Scheißhaus für die Bauarbeiter gestellt. Nun hatten auch wir den riechenden Beweis, dass hier nicht nur gearbeitet, sondern auch geschissen wurde. Geile Sache, nur hatten wir Hochsommer, die Sonne knallte auf das Dach von dem Örtchen und der Gestank ließ schnell das Gras gelb werden und sterben, zumindest im Umkreis von zwei Metern rund um den Ort des Geschehens.

Horst war Polier, Vorarbeiter und stinksauer auf Herrn Glost, weil dieser nicht nur ordentliche Arbeit verlange, er wollte diese auch noch in Rekordzeit vollbracht wissen. Der Kerl kam zwei Mal die Woche mit seinem dicken, gemütlichen Benz zur Baustelle und brüllte die Belegschaft zusammen.

Die Männer mussten sich in einer Reihe aufstellen und er schritt brüllend die Reihe ab. Durch sein Gehabe hatte sich Herr Glost den Namen SS Glost redlich verdient. Gut, die Baustelle

stand schon seit gut zwei Wochen und ein Gerüst hatten sie schon ab-, und woanders im Wohngebiet, wieder aufgebaut. Herr Glost kam gegen siebzehn Uhr bei Host an und zeterte, als würde er dafür einen Preis bekommen.

»Die Scheiße hier muss bis Montag fertig und abgenommen sein, sonst können wir alle nach Hause gehen und bis zur Rente dort bleiben, haben Sie das verstanden Herr Bode?« Horst Bode kannte diese ausgeleierte Geschichte schon, fand sie aber irgendwie unglaubwürdig. Schließlich verliert auch die schlimmste Drohung ihre Wirkung, wenn man sie nur oft genug hört.

»Außerdem Herr Bode, Samstag und Sonntag wird bis jeweils achtzehn Uhr durchgearbeitet, dann ist hier alles paletti und durchgefegt, keine Diskussion, alles klar, Herr Bode?«

»Nee,« begann Horst sich zu wehren, »Samstag geht gar nicht, da heiratet meine Jüngste, das geht wirklich nicht, die Hanah heiratet den Stefan und wir richten die Feier aus, also das werden sie sicher verstehen, da kann ich wirklich nicht, Herr Glost.«

Herr Glost wirkte nervös, schließlich war eine Hochzeit nichts von den üblichen Ausreden, aber auch er hatte Druck von ganz weit oben.

»Ich sagte doch, keine Diskussion, so leid mir das tut, Herr Bode, da kann ich beim besten Willen keine Rücksicht drauf nehmen! Na dann bringen sie doch ihren Anzug mit und gehen am Samstag eine halbe Stunde früher, ich bin doch kein Unmensch, Herr Bode. Vorher gibt's doch eh nur Kaffee und Kuchen und müde Füße.«

»Ich muss die Hanah aber zum Traualtar bringen, dir kirchliche Trauung findet um elf statt.«

Horst bekam vor lauter Wut einen roten Kopf, seine Faust wollte sich selbständig machen, aber er hatte sich gerade noch unter Kontrolle.

»Ich sagte keine Diskussion, ich bin Ihnen schon ein ganzes Stück entgegen gekommen, mehr ist da partout nicht drin, so gern ich auch mit ihnen weiter plaudern würde, ich muss los, gleich ist noch Vorstandssitzung. Ach, ehe ich das vergesse, wo sind hier die Toiletten, ich spüre da ein dringendes, menschliches Bedürfnis.«

Horst erklärte ihm den Weg, am liebsten hätte er diesem aufgeblasenen Schlipsträger einen Knoten in den Schwanz gemacht.

Ich kam mit Jan vom Saufen, ok, es war erst früher Abend, aber der Durst kennt bekanntlich keine Uhrzeit und so begannen wir schon etwas eher damit. Wir wankten durch die Straßen zu meiner Wohnung, um uns noch eine Tiefkühlpizza zu machen, als Jan ganz dringend Pipi machen musste. Außerdem quälte ein übler, für seine Nase neuer Geruch, seine Nerven.

»Was ist das für ein übler Kackgeruch hier«, lallte er, und deutete mit dem Daumen Richtung Dixi-Klo.

»Bodycheck?«, lallte er, ich nickte, dann rannten wir los.

Ein Dixi-Klo ist kein Wunderwerk der Statik; wenn sich zwei erwachsene Männer mit voller Wucht gegen so ein Ding werfen, ist die Chance groß, dass die Kiste umfällt, so auch in diesem Fall.

Das blaue Scheißhaus neigte sich bedenklich zur Seite, die Physik verhielt sich wie immer. Ab einem gewissen Neigungswinkel, landete das Ding krachend auf der Seitenwand, in welcher sich auch die Tür befand.

Ein gellender Schrei folgte den schwappenden und saugenden Geräuschen aus dem Ding, dunkle Brühe ergoss sich auf die Wiese. Ups, war da gerade einer am Drücken, so ein Pech aber auch. Prustend rannten wir los, nur komisch, dass uns der Schreihals aus dem Klo Herr Bode nannte. Uns war das egal, bloß weg, bevor uns ein paar Bauarbeiter die Fresse polierten, ging es uns durch den Sinn .

Durch den Lärm angelockt, kamen sie auch schon. Gut zehn Kerle in Arbeitsklamotten, aber keiner sah böse auf. Einer hielt mir sogar die ausgestreckte Hand hin um mir zu gratulieren; er stellte sich als Horst Bode vor.

Ende

Menschen im Bus

Busfahren ist scheiße! Entweder ist der Fahrer ein desillusionierter Kerl, dem es egal ist, ob man einen Fahrschein hat und ob irgendwer noch einen Bombenkoffer im Bus abgestellt hat, oder es ist ein Nazi alter Schule, der jeden erschießen lassen würde, der im Bus einen Schokoriegel futtert. Einige Busfahrer halten sich auch für Michael Schumacher beim Endspurt, Lesen ist unmöglich und wehe, man hat einen schwachen Magen oder ein Bier zu viel im Blut.

Natürlich lassen sich im Bus auch nette Gespräche führen und neue Freundschaften schließen.

»He Alta, guckst du? Hat dir eina ins Auge gefickt oda was? Ey Alta, guckts du, guckst du woanders, sonst Messa in dein Kopp!«

Seine Ghettogöre lacht und der Gangsterrapper ist glücklich, weil ich woanders hingucke. Dabei nervt mich seine Musik, falls man den Müll, der aus seiner winzigen, ultramodernen Quakbüchse kommt, so nennen kann. Simple Soundsamples mit schweinischen Worten und ein nicht endend wollender Schwall an Obszönitäten, wahrscheinlich nur dafür geschaffen, um Erwachsene tot zu ärgern.

Dazu sitzt noch eine Klasse neunjähriger Kinder samt griesgrämiger Lehrerin um mich rum, und es riecht nach Käsefüßen und Kinderfürzen.

Das Leben in der Gemeinschaft ist scheiße, Menschen sind ekelhafte Kreaturen, wenn man sie einander aussetzt.

In selbstgewählten Gemeinschaften darf man da natürlich differenzieren, aber fahren Sie mal Freitagabend um acht Uhr mit dem Bus Richtung City. Grölende Jugendliche saufen und nerven, bis man gern Charles Bronson dazu holen möchte, der die Knarre zückt und so lange in den lärmenden Haufen ballert, bis Ruhe ist auf der pickligen Rückbank mit den Markenklamotten.

Natürlich gibt es auch andere lästige Zeitgenossen.

Uschi, zum Beispiel, mit ihrer tollen Handyflatrate, die dann mit ihrem schrillen Organ den ganzen Bus wissen lässt, wer mit wem, oder warum jetzt nicht mehr. Gut, könnte recht interessant sein, das ganze scheiß Gesülze, bloß kenne ich die Leute nicht, deren dreckige Unterwäsche da am Apparat gewaschen wird, und daher interessiert mich deren Libido einen Scheiß.

Früher war das Motto beim Telefonieren »fasse dich kurz«, welches man, dank der neuen Flatrategeschichte, komplett vergessen kann. Immer in den Gully mit den alten Tugenden, denke ich mir.

Mich interessieren auch keine einpullernden Penner, die in der U- Bahn ihre Quanten hochlegen und mit ihren Gerüchen das ganze Abteil vollstinken. Ob diese Sonderfälle der Gesellschaft überhaupt einen Fahrschein haben spielt keine Rolle, weil kein Kontrolleur die Typen anfassen würde.

Manchmal wünschte ich, es gäbe noch Schaffner in normalen Bussen, welche, die für Recht und Ordnung sorgen und dem ganzen Pöbel erst mal die Fresse einschlagen, dann anzeigen und vor die Tür setzen. Hinz und Kunz könnten dann wieder friedlich von hier nach Dort fahren, ohne sich mit den Freaks und Idioten der Großstadt auseinandersetzen zu müssen.

Auch die Busfahrer, oder ein ziemlich großer Teil zumindest, müsste mal generalüberholt werden. Ich meine, es gibt genug enthusiastische Arbeitslose, welche gerne Busfahrer werden würden, da braucht man keine suizidalen Sonderfälle oder Rennfahrer im falschen Fahrzeug.

Mein Fazit jedenfalls ist, dass es zu viele Penner auf der Welt gibt, ob sie nun einen Job blockieren, oder, dank ihrem Auftreten, nie in diese Verlegenheit kommen werden, was aber auch egal ist. Ein Teil dieser Menschen wir dann alternativ Intensivstraftäter, Drogendealer oder Auftragskiller. Oder rasch unter der Erde landen, weil er doch kein so guter Gangster war, wie er immer gedacht hat.

Die Furzkinder haben noch ein paar Jahre Zeit, sich zu überlegen, welchen Platz sie in unserer Gesellschaft einnehmen möchten. Mir ist es völlig egal, solange sie mir nicht auf die Nerven gehen.

Vielleicht ist die Welt überbevölkert. Kann schon sein, dass wir eine ordentliche Seuche bräuchten, um mal wieder etwas Platz auf unserer lustigen Kugel zu bekommen. Leider würden auch Leute draufgehen, welche mir recht sympathisch waren, daher ist dieser Wunsch etwas zu allgemein gefasst. Eine Seuche, welche nur die Nervensägen entfernt, wäre klasse. Da das aber im Auge des Betrachters liegt, würde dann, wahrscheinlich, gar kein Mensch mehr leben.

Bleibt uns wohl nur übrig, sich hier irgendwie zu arrangieren und allzu große Nervensägen anzubrüllen. Mit einigen kann man sogar reden, ihnen beibringen, dass man sich gestört fühlt und sie zum Überdenken ihrer Handlungen bewegen. Ich bin mir ziemlich sicher, dass ich nie ein großer Menschenfreund werde, damit muss ich leben, Menschen sind aber wirklich manchmal ganz schön ekelhaft. Manchmal.

Ende

Welt voller Klischees

Ich bin ein Mann, könnte man sagen. Aber, was macht mich dazu? Der Bartwuchs, der Bierbauch oder der Umstand, dass ich mich, so mir danach ist, jeden Tag besaufen darf? Fußball ist nicht so mein Ding, ein Auto kann ich fahren, aber reparieren, dass ist ein anderes Thema.

Wer oder was Michael Vettel ist, ist mir ein Rätsel und wer Boxweltmeister ist, keine Ahnung. Irgendwer wird es schon sein.

Genug Gründe um mir das Mann sein abzuerkennen, wenn es nach einigen Leuten ginge. Meine Freundin behandle ich anständig, zumindest gehe ich davon aus.

Am Valentinstag habe ich ihr nie einen roten Stringtanga geschenkt, und das hat nichts damit zu tun, dass wir uns an diesem Tag generell nichts schenken.

Ich lese meiner Freundin nicht den Sportteil der Zeitung vor, ich schreibe ihr lieber ein Gedicht.

War der Mann, in der Kneipe, wo ich eine Lesung hatte ein richtiger Mann, weil er meinte, ich solle mich mit meinen schwulen Gedichten verpissen?

Ist er ein richtigerer Mann als ich? Zumindest habe ich ihm

die Möglichkeit angeboten, die Sache vor der Tür zu klären, und damit meinte ich keine Literaturdiskussion an der frischen Luft.

Ich rede nicht abfällig über Frauen, höchstens dann, wenn sie es ganz doll darauf anlegen.

Muss ein richtiger Mann Freitag Nacht besoffen sein, Samstag im Stadion pöbeln und Sonntag mit seinem gefurze den Frühstückstisch vernebeln?

Wenn ein Mann, ein richtiger, echter Mann das alles nicht tun muss, dann bin ich vielleicht einer. Und wenn das jemand anders sieht, ist mir das letztlich auch ziemlich egal.

Ende

Es darf nicht egal sein (Ute & Bernd)

Als Bernd letzten Donnerstag seinen Opel zum TÜV brachte, kam es, wie es manchmal kommt, der Kerl mit dem Schraubenzieher lächelte sadistisch, als er den Kopf schüttelte und seinen Lieblingssatz aufsagte.

»Also, den Wagen kann ich Ihnen so nicht wieder mitgeben, wäre er ein Pferd, würde ich ihm den Gnadenschuss geben, alles andere wäre illusorisch.«

Bernd warf ein, dass es immer noch sein Wagen sei, und er hier nicht festgehalten werden dürfe.

»Das ist kein Auto mehr, das ist eine Gefahr für die Allgemeinheit, eine Zumutung, Sie können den Wagen wegschleppen lassen, fahren lassen darf ich Sie damit nicht mehr, das wäre Beihilfe zum Mord.«

Bernd war wütend, er hasste diesen selbstgefälligen Fettsack im verschmierten Blaumann, er wollte ihm irgendetwas über den Schädel ziehen, und er musste zur Toilette. »Wie viel«, presste er hervor, aber sein Gegenüber glotzte ihn nur dämlich an.

»Was kostet die Reparatur, und wie lange dauert der Scheiß?!« schrie er. Zornesröte und Mordlust spiegelten sich in seinem Gesicht.

»Also, unter 2000 geht da gar nichts, ich muss ein paar Teile bestellen, rechnen Sie mal mit ´ner Woche. Der Preis ist nur eine optimistische Schätzung.«

Bernd stöhnte auf, das Auto war sein zweiter Wohnsitz, sein Zufluchtsort, wenn er Streit mit Ute hatte, und, gelegentlich, sein Schlafzimmer, und das wollte man ihm nun für eine

Woche rauben.

»Was kostet der ganze Quatsch ohne Rechnung?«

»Sie wollen mich zur Schwarzarbeit ermutigen?«

Der Untersetzte stand nun neben einem Schreibtisch, er ergriff den Telefonhörer.

»Soll ich gleich die Polizei rufen?«

Erwartungsfroh starrte er Bernd an, er wusste genau, dass er am längeren Hebel saß.

»Schon gut, ich geh dann mal, ach so, wo haben Sie hier ein Klo?«

Jetzt war der dicke Mechaniker daran, seinen Trumpf auszuspielen.

»Also, Meister, das ist hier keine öffentliche Bedürfnisanstalt, wir reparieren und begutachten hier Autos, wissen Sie? Geben Sie mir zwei Euro Trinkgeld, dann dürfen Sie zum Klo«.

Bernd rollte mit den Augen, so ein Schwein, er bezahlte den grotesk hohen Preis.

»Dritte Tür links«.

Was Bernd vorfand, war genau das, was er erwartete. Ein nach Mechanikerpisse riechender, lebender Mikrokosmos. Unmengen von Klosprüchen an Türen und Wänden dokumentierten den Krieg, welchen die Mechaniker und die Büroangestellten ausfochten.

»Herr Müller treibt´s mit Tieren«, stand dort, daneben stand: »Und Du treibst es mit Autowracks«.

Bernd las sich die Nachrichten interessiert und belustigt durch und ärgerte sich, keinen Edding in der Tasche zu haben. Seine Wut war groß genug, um allen hier arbeitenden Mechanikern ein paar Zeilen um die Ohren zu hauen, Worte, welche diese schwer zu verdauen hätten. Ohne zu spülen verließ er diesen vor Krankheitserregern strotzenden Ort. Aus seinem Auto holte er noch seinen Aktenkoffer, dann machte er sich auf den Weg zur Bushaltestelle.

Der Mechaniker, Herr Böttcher, wie Bernd erfahren hatte, wollte sich melden, wenn er den Wagen wieder »fahrtüchtig« hatte. Dieser Kerl würde sich noch wundern, überlegte sich Bernd, mit irgendeiner Lüge würde er ihn bei seinem Chef anschwärzen, aber erst, wenn er sein Auto abgeholt hätte.

Hier im Industriegebiet waren ganz hervorragende Verkehrsanbindungen, nach neun Uhr morgens fuhr der Bus in die Stadt nur noch alle zwei Stunden. Sein Bus war vor sieben Minuten gefahren. Der nächste würde erst um eins kommen.

Warum hatte er eigentlich nicht in der Kneipe den Revolver gekauft, fragte er sich. Wenn er ihn dabei gehabt hätte, hätte er ein Blutbad angerichtet. Diesem Scheiß-Mechaniker hätte er die Kniescheibe weggeballert, dann wäre er aufs Klo gegangen und hätte ihn danach von seinem Gesicht erlöst.

Er lächelte in den einsetzenden Nieselregen. Er steckte sich gerade die letzte Zigarette aus seinem Päckchen an, als ein einsames Taxi um die Ecke kam. Hektisch winkte er es heran, auf dem Fahrersitz saß ein junger Mann mit ein paar lächerlichen Ohrringen, Bernd wusste sofort, dieser Kerl würde nicht sein Freund werden.

»Guter Mann, das ist ein Nichtrauchertaxi, und, bevor Sie hier anfangen mit mir zu diskutieren, für Sie werde ich nicht meine Gesundheit ruinieren, also, wenn Sie mitfahren wollen, schmeißen Sie die Kippe weg.«

Bernd verdrehte die Augen, dann ließ er sie auf den Boden fallen.

»Hinten«, befahl der Fahrer, als Bernd die Vordertür öffnete. Arschloch, dachte Bernd.

»In die Zivilisation, bitte, und möglichst Richtung Hauptbahnhof«, meinte Bernd, der Fahrer äußerte sich nicht dazu, er fragte aber auch nicht weiter nach. Die letzte Nacht war grässlich gewesen, Ute hatte ihm mal wieder zu verstehen gegeben, was sie so alles von ihm hielt. Nicht viele Augenblicke später war Bernd über seinen bösen Gedanken eingeschlafen.

Keine zwanzig Minuten später wurde er unsanft geweckt. Der Wagen stand, aber nicht vor dem Bahnhof, sondern vor dem elften Revier der Polizeidirektion.

»Heben sie ihre Hände, und steigen Sie langsam aus, dann runter auf den Boden.«

Guter Scherz, dachte Bernd und wollte gerade lächeln, als die Aufforderung wiederholt wurde. Das war nicht die Stimme des Fahrers, registrierte sein Unterbewusstsein. Nun öffnete er die Augen und sah an jeder Tür des Taxis einen Polizisten, jeder mit gezogener Dienstwaffe.

Das ist kein Traum, kam es ihm in den Sinn, das ist eine dieser Fernsehsendungen, die albern hier noch 5 Minuten rum, dann kommt einer mit der Kamera an und dann muss ich grinsen und was Spontanes sagen wie

»Scheiße, ich wusste es, darf ich noch jemanden grüßen?« Gut, spiel ich eben mit, dachte Bernd.

»Jungs«, rief er, »macht keinen Scheiß, ich hab nichts zu verlieren, wenn ihr mir nicht glaubt, dann fahrt mal bei mir zu Hause vorbei und guckt in den Wäscheschrank, da liegen die Überreste meiner Frau. Ich bin jetzt Witwer…«

Und wie er noch am Krakeelen war, bekam er den Lauf einer Waffe ins Gesicht geknallt, einer seiner Zähne gab nach und sein Mund füllte sich mit Blut und bevor er noch richtig entsetzt sein konnte, wurde er grob aus dem Wagen gerissen, ein Knie in seinem Brustkorb bremste ihn. Ehe er diesen gemeinen Tritt verkraftet hatte, lag er mit dem Gesicht auf dem Asphalt. Kurze Zeit später wurde er auf die Füße gerissen und in die Wache bugsiert.

»Das hast du nun davon, du Schwein«, schrie der Taxifahrer. Was hab ich verbrochen, fragte sich Bernd, ist es mittlerweile verboten, in einer Taxe einzuschlafen?

In der Wache wurde er gründlich durchsucht, er musste seine Schuhe ausziehen, seinen Gürtel ablegen und den Inhalt seiner Taschen in eine kleine Plastikkiste legen, dann wurde er in eine Zelle geschoben.

Ich bin im Gefängnis, stellte er fest, man hat mich eingesperrt, ohne mir zu sagen, was mir eigentlich vorgeworfen wird. Dafür wurde ich so nett behandelt, als hätte jeder der Jungs noch eine persönliche Rechnung mit mir offen. Verwirrt stand er auf, sah sich um und schlagartig begriff er, dass der Spaß hier noch eine ganze Weile dauern konnte.

Irgendwann begann er sich zu langweilen, neben der Tür war ein Klingelknopf, immer wieder drückte er und wartete darauf, mit jemandem zu reden. Eine zornige Stimme informierte ihn darüber, dass er später zur Toilette dürfe, des Weiteren solle er sich ruhig verhalten, man würde sich zu gegebener Zeit um ihn kümmern. War er nun paranoid, oder klang das eben wie eine Drohung? Das ist alles ein riesiges Missverständnis, in wenigen Minuten würde der Chef der Wache kommen und ihn um Verzeihung bitten, anders konnte es gar nicht kommen.

Bernd hatte keine Ahnung, wie lange er geschlafen hatte. Wieder betätigte er die Klingel, worauf aber auch nach dem sechsten Versuch niemand reagierte, dann begann er gegen die Tür zu treten. Wenige Minuten später »kümmerte« man sich um ihn. Zwei grimmige Typen stürzten in die Zelle und prügelten wortlos auf ihn ein. Ein kräftiger Tritt in seinen Rücken beendete das einseitige Vergnügen.

»Wenn du noch was willst, brauchst du bloß zu klingeln«, meinte der Jüngere, dann war er wieder allein. Ich sollte meine Taktik ändern, überlegte er sich, ich warte einfach, was passiert, ewig dürfen die mich ja nicht festhalten. Er konnte sich kein Verbrechen vorstellen, dessen man ihn beschuldigte, er war kein Krimineller.

Gut, er kam mit seiner Frau nicht klar, aber er hatte sie nie geschlagen. Sie gingen verbal respektlos miteinander um, und es flog schon mal ein Weinglas in seine Richtung, aber so oft sie auch miteinander stritten, es kam nie zu einer Anzeige wegen Ruhestörung. Das schlimmste Vergehen, dessen er sich schuldig bekennen würde, wäre, seine Schwiegermutter beleidigt zu haben.

Die Zelle war erbärmlich, rote Ziegel bedeckten die Wände, das Bettgestell war gefliest. Dann ging die Tür auf.

»Kommen sie, und keinen Stress«, befahl einer, es ging in

ein kleines, stinkendes Büro. Ein humorloser Mann mit müden Augen und unzähligen Falten saß ihm gegenüber. Das muss ein hohes Tier sein, dachte Bernd, als er die drei Sterne auf dessen Schulterklappen sah. »Sie wissen, was ihnen vorgeworfen wird?«

Seine Stimme klang müde und gelangweilt, alles in allem wirkte er wie ein schlecht gelaunter Löwe.

»Nö, hat mir noch keiner gesagt«, antwortete Bernd.

»Na, wenn das so ist, dann klär ich sie mal auf: der Taxifahrer hat sie als denjenigen identifiziert, der ihn am 20.02.03 überfallen hat. Sie sollen ihn gezwungen haben, sein Bargeld und sein Handy rauszurücken.«

Bernd war entsetzt, war ja eine tolle Geschichte, bloß, dass er noch nie einen Taxifahrer, oder sonst jemanden, überfallen hatte. Aber das Datum kam ihm bekannt vor, irgendetwas löste dieses Datum in ihm aus.

»Bitte, meine Frau ist ein Kalender, darf ich sie mal anrufen, das ist für mich kein gewöhnliches Datum, dadurch können wir die Sache vielleicht klären.«

Kommissar Schmidt sah ihn lange an, sein faltiger Kopf verriet keine Emotionen, nach Ewigkeiten nickte er.

»Gut, geben sie mir die Nummer, ich rufe ihre Frau an.« Bernd gab ihm die Nummer, nach einem Moment stellte sich der Kommissar vor und fragte nach dem besagten Datum.

»Was hat der Kerl denn nun wieder angestellt?« wollte Ute wissen. Schmidt sagte gerade so viel, dass sie mit der Antwort nicht viel schlauer war als vorher, trotzdem schien es ihr fürs Erste zu reichen.

»Am 20.02. hat sein Bruder Geburtstag, wir waren zum Kaffee da, also, ab drei. Wir blieben dort bis kurz nach Mitternacht, dann sind wir nach Hause.«

Schmidt machte sich auf einem karierten Block Notizen, hörte geduldig zu und beendete das Gespräch, als Ute wieder anfing über Bernd herzuziehen.

»Eine reizende Frau haben sie da«, meinte Schmidt. Wollen sie sie haben? Ich schenk sie ihnen«. Schmidt grinste, besser gesagt, seine Falten verschoben sich. Er schien wohl doch menschliche Züge zu besitzen.

»Das kann ich nicht annehmen, das würde unter Bestechung fallen, außerdem habe ich so was Ähnliches selber auf meiner Couch sitzen.« »Na dann, herzliches Beileid.« meinte Bernd. Schmidt notierte für sein Protokoll Bernds Telefonnummer. Zwanzig Minuten später waren sie fertig und Bernd bekam seine Sachen wieder, dann konnte er gehen. Als er auf die Uhr sah, stellte er verwundert fest, dass es schon 22.39 Uhr war. In der Zelle war kein Fenster, und bei Schmidt im Büro war er so abgelenkt, dass er schlicht nicht auf das Fenster geachtet hatte.

Er war in einer Gegend, die er nicht kannte, daher folgte er einfach der Hauptstraße. An einer Imbissbude aß er zwei Currywürste mit Pommes, dazu gönnte er sich ein Bier. Ein Bus fuhr an ihm vorbei, als er noch am Essen war, zweihundert Meter die Straße runter hielt er kurz. Als er aufgegessen hatte, lief er in diese Richtung. Als er auf der anderen Straßenseite ein Taxi sah, wollte er schon den Arm heben und winken, dann ließ er es. Der Tag war beschissen genug.

Das eingeleitete Verfahren wurde später eingestellt.

Ende

Wahrscheinlich der Regen (Ute & Bernd)

Als Bernd aus der Firma kam weinte der Himmel, würde der Romantiker sagen. Bernd würde sagen es pisste und wie würden Sie es nennen, wenn Sie dreißig Meter laufen und sich danach wie ein aufgeweichter Pappkarton fühlen?

Der Himmel hatte eine bleigraue Farbe und ließ so ein richtiges Herbstfeeling aufkommen, man kam aus einem geschlossenen Gebäude und fühlte sich sofort krank. Eisiger Wind kroch einem in die Knochen und normale Menschen assoziierten damit eine kräftige, heiße Brühe.

Bernd dachte bei diesem Wetter mehr an Jack the Ripper. Bei so einem scheiß Wetter konnte er gut verstehen das man mit einem rostigen Kochmesser loszog um Nutten abzuschlachten. Ist vielleicht ein bisschen krank, aber bei diesem Wetter waren viele Schlechtigkeiten vorstellbar.

Ute war sauer weil er ihren scheiß Hochzeitstag vergessen hatte, ich bitte sie, wer soll sich so was schon merken. Sie wollte wissen welcher Tag sei und Bernd meinte, unser Kennenlerntag, daraufhin bekam er eine gelangt das es klingelte und sie ging flennen.

»Verlobungstag«, schrie er sie kam mit einem Bügel wieder, der ihm einmal quer über den Rücken gezogen wurde.

»Brutale Schlampe«, meinte Bernd und sah zu das er schnell zur Arbeit kam.

Sein Anruf bei einem gemeinsamen Bekannten klärte die Sache und dann rief er Ute an um sie zum Essen einzuladen. Nachdem sie ihn zehn Minuten am Telefon beleidigt hatte meinte sie zum Abschluss, dass sie den Abend mit ihrem Liebhaber verbringen wolle. Bernd wünschte ihr viel Spaß und legte auf.

Einige Minuten später rief Utes dumme Mutter an und erzählte, Bernd sei ein böser Mann und hätte ihre Tochter nicht verdient.

Das hätte sie ihrer Tochter mal sechs Jahre eher eintrichtern sollen, meinte er und sie schimpfte auf Italienisch los. Bernd legte den Hörer auf die Tischplatte und kümmerte mich wieder um die Arbeit.

Etwas später bekam er eine E-Mail, dass er zu viele Privatgespräche führe und kein Kunde durchkäme, gelbe Karte, stand da noch. Dann wurde Bernd zu seinem Oberhäuptling zitiert. Erst mal ließ Bernd ihn warten, dass tat er immer um ihn zu ärgern, dann ging er, ohne anzuklopfen in sein Büro.

Mit hochrotem Kopf brüllte er Bernd an, ob er denn keine Manieren hätte, wegen des verweigerten Klopfens.

Bernd erklärte, dass er ja auf ihn wartete und setzte sich. Er erklärte ihm, dass Bernd in diesem Monat schon dreimal Abgemahnt worden sei und seine Leistungen unter aller Sau seien. »Darüber kann man streiten«, erwiderte Bernd und steckte sich eine Zigarette an.

»Ich bin Nichtraucher, Himmelherrgott, sie wissen doch von meinem Asthma«, hustete er und Bernd meinte er solle doch in Rente gehen, zumal er es schon lange auf seinen Posten abgesehen hätte.

So ging das Spielchen noch einige Minuten hin und her, bis er Bernd aus seinem Büro warf.

Das Kantinenessen hätte in jedem afghanischen Gefängnis zur Revolution geführt, Bernd war einfach nur schlecht und nahm ein Mittel gegen Sodbrennen ein.

Ein australischer Kunde rief an um sich zu beschweren, die Ware sei Mangelhaft und schlecht verpackt gewesen, er wolle nur die Hälfte bezahlen. »Fuck you, you fuking, ugly bastard«, erwiderte Bernd. So konnte man ein Gespräch auch beenden. Tillmann hatte einen Pulk männlicher Azubis bei seinem Tisch, als sich Bernd dazugesellte sah er, dass sie sich Sexseiten im Internet ansahen,

» Kleine Wichser«, mehr viel Bernd dazu nicht ein.

»Impotenter Saftsack«, diesen Kommentar hätte sich Dirk ruhig sparen können und Bernd bot ihm Schläge an. Das Dirk Kickboxen professionell betrieb war Bernd neu, er merkte es als er einen Schuh im Gesicht und die Faust in den Eiern hatte. Lachend schubsten die Azubis ihn weg und machten ihre Sprüche. Als Ausgleich schiss Bernd Susanne, die Sekretärin zusammen. Als sie heulend zu Frau Markert watschelte sah die Welt wieder bunter aus.

Mit Holger füllte er noch einen Lottoschein aus, auch wenn sie Träumer waren, hier wollten sie nicht sterben.

Um vier ging er mit Karsten eine rauchen, nach der Kippe packte er seinen Kram zusammen und ging zu seinem Auto, bloß war es nicht mehr da.

OK, er hatte mal wieder auf dem Behindertenparkplatz gestanden, dort gehörte Bernd auch hin, wie viele seiner Kollegen meinten, Frank, der Rollstuhlfahrer sah das aber anders.

Fluchend lief Bernd durch den Regen und wünschte sich eine Panzerfaust.

Seine Zigaretten waren alle und kein Laden in der Nähe. Bernd fühlte sich wie ein aufgeweichter Pappkarton und verfluchte sich und Ute und sein beschissenes Leben.

Ende

Zugaben

Manches passt nur dem Anlass entsprechend, Anderes ist für gar keine Schublade gemacht und hat trotzdem seinen Sinn. Hinzukommen noch ein paar Sahnestücke. Klar möchte ich mit meinen Geschichten begeistern, aber manche Geschichten lese ich vor Publikum, einfach für mich und freue mich, wenn sie trotzdem gut ankommen.

Manche Tage machen keinen Spaß

Und manchmal kommt einem das Leben dazwischen«, sagte so in etwa, irgend so ein Brille tragender Musiker, bevor ihn irgendwann, vor vielen Jahren, ein hässliches Schicksal ereilte.

Nun haben wir fast Ende Mai, und da ist es für mich natürlich höchste Eisenbahn, was kein kleiner Seitenhieb in Richtung DB sein soll, eine neue Geschichte zu schreiben und aufzunehmen.

Schließlich will ich die Leute nicht immer mit denselben, alten Geschichten bespaßen.

Also, neue Ideen müssen her und umgesetzt werden. Einiges hatte ich schon in der Mache, als ich heute, also in dem Fall vor ein paar Tagen, in der Straßenbahn saß.

Ich hatte mich tierisch über eine alte Buchhändlerin geärgert, weil mir die freche ältere Dame das Buch, welches ich letztens dummerweise falsch gekauft hatte, nicht ohne große Debatte umtauschen wollte. Trotz Kassenzettel und alles ganz legal. War nicht das richtige Buch, fertig, war meine Ansicht. Sie meinte aber voll am Haken schrauben zu müssen und mir dann auch noch mit dreisten Unterstellungen kommen zu können. Na, so nicht!! Ich bin schließlich auch mit einer kaufmännischen Ausbildung ausgestattet.

Egal, letztlich hat mir die Tante massig Zeit und Nerven geraubt, und das, wo Zeit und Nerven in meinem Fall doch immer so ein rares Gut sind.

Auf jeden Fall kam ich zu meinem Recht, konnte mir etwas anderes aussuchen, war aber trotzdem voll angepisst. Was soll die Scheiße? Mich wie einen Verbrecher und Bücherhooligan behandeln, das kann man vielleicht mit Hinz und Kunz machen, aber nicht mit mir. Nee, nee, das läuft nicht.

Ich mach ja fast jeden Spaß gerne mit, aber das war eine bösartige Schweinerei. Die wollte mir doch glatt unterstellen, nee, die hat mir unterstellt, dass ich aus dem letztens gekauften Buch Rezepte herauskopiert hätte, im Copyshop. Als wäre ich so eine asoziale Person. Bin ich nicht. Meine Frau auch nicht. Wir sind da mehr als anständig, Uns so eine Sauerei anzudichten, dafür hätte ich die am liebsten angezeigt. So sieht das nämlich aus. Ja, es ging um ein Kochbuch!

Ich bin ja nun auch ein Büchermensch. Das kann man mir nicht unterstellen, ein Buch zu kaufen, was daraus zu kopieren und dabei Knicke und Wellen in das Buch zu machen, die Wellen sollen von Kopieren kommen. Soso, das alte Weib kennt sich wohl aus. Wer böse denkt, soll endlich schweigen, meine Meinung.

Ich mag ja mit einigen Wassern gewaschen sein, aber meinen guten Namen in der Verlagswelt mit solchen Geschichten und Andeutungen mit Dreck zu bewerfen, das ist ja wohl das Allerletzte. Ich hatte dann, als dieses miese Schmierentheater gelaufen war und man meinen Umtausch bewilligt hatte, gar keinen Bock mehr, mir was anderes auszusuchen.

SO VERSAUT MAN ANSTÄNDIGEN LEUTEN DEN TAG, DU MIESE HEXE!

Mein Tag war versaut.

Letztlich irrte ich dann noch drei Stunden durch den Laden, um am Ende ein Buch zu kaufen, wegen dem ich mich seit Monaten rumärgere.

Da will ich jetzt gar nicht viel näher drauf eingehen. Der Autor, dessen Buch ich dann gekauft habe, hatte ich schon öfter bei meinen Buchtipps besprochen. Nur hab ich die Bücher immer gekauft. Das letzte, welches ich nun genommen hab, wollte mir der Verlag mehrfach zuschicken, haben die aber nie gemacht.

Kommt zum Glück eher nicht vor, dass ein Verlag mich so behandelt, aber da kam wohl einiges an, ich sag mal »Schlendrian und dumm gelaufen« zusammen.

Auf jeden Fall werde ich das Buch zwar lesen, aber eher nicht besprechen. Das hab ich mit den letzten beiden Büchern dieses wirklich großartigen Autors getan, aber wenn mich der Verlag verarscht, ok, es gibt viele gute Bücher da draußen, das muss ich mir nicht bieten lassen. Egal, nun hab ich das Buch. Irgendwann werde ich es lesen, meinen Spaß damit haben und gut.

Dann war ich auf den Weg zurück nach Hause. In der Straßenbahn war ich am Lesen, bis eine Grundschulklasse samt Lehrerin den Zug enterte. Ein lärmender Haufen, der sämtliche Aufmerksamkeit auf sich zog und alle anderen Möglichkeiten wie lesen oder gar in Ruhe nachdenken unmöglich machte. Nur ärgern konnte ich mich noch und dem Gekreische und Gequengel lauschen. Und dann fing die vorwitzige Lehrerin mit blöden Beschäftigungsspielen an.

»Soo Kinder, nun macht mal ein Gedicht mit den Worten Stau, Autobahn und Frauenquote.«

Die Kinder waren maßlos überfordert, simple Reime wollten ihnen nicht gelingen. Zukünftige Dichter und Denker, Fehlanzeige, zu blöd zum Rappen, die Deppen. Hat die Blagen aber nicht davon abgehalten, es fleißig zu probieren. Sinn und zweckloses Gestammel, nicht im Ansatz gut oder gar pfiffig, quasi nur Lärm. Und wie lustig die Lehrerin das alles fand. Es war einfach nur übel und widerlich.

Als ich dann aussteigen musste, stand ich kurz neben der Lehrerin und meinte:

Gestern, auf der Autobahn,
Ein Stau ich konnte nicht weiterfahren,

was ich ziemlich schade fand,
Zwei Körper dort, am Fahrbahnrand.

Ein Toter und auch eine Tote.
Erfüllt ist nun die Frauenquote.

Verstört sah sie mich an, die Kinder hatten jedes Wort von mir verstanden, fanden mein Gedicht ganz dufte und sie klatschten als ich ausstieg und winkten, als ich mir draußen eine Zigarette ansteckte.

Vielleicht ist der Tag doch noch zu retten, ging es mir durch den Sinn.

Vielleicht auch nicht.

Ende

Pappnasen City

Bin gerade in der Stadt gewesen und hatte mich oft gewundert. Immer wieder fragte ich mich, ob mir irgend ein Arschloch beim Bäcker Heroin in meinen Kaffee für unterwegs gekippt hat.

Überall rannten bunte Kostümtypen rum, die wirkten, als wären sie schon total blau oder hätten gerne ganz schnell ein paar auf die Fresse.

Bin ich zufälligerweise Teil eines verrückten Experiments aus einer Parallelwelt? Das waren auch keine Typen von irgend ner Film Convention. Unterschiedlichste Zausel und Studentenpack mit Quatschklamotten und albernem Gefissel. Komischerweise war ich der einzige, der sich über die seltsamen Gestalten wunderte.

Ok, Düsseldorf, dachte ich so bei mir. Da hab ich wohl irgendeinen Flashmob oder eine lokale Tradition verpasst; kann ja mal vorkommen.

Normalerweise ist der Düsseldorfer ja kein schlechter Typ Mensch. Immer ganz gesellig und nach dem Motto: »Leben und leben lassen« unterwegs. Der Arschprolet mit Schnauzer, Spiegelbrille und Joggingklamotten wird genauso toleriert, wie der hackedichte Frühstücksalki, der um neun Uhr morgens schon nicht mehr geradeaus laufen kann, ohne über die eigenen Füße zu stolpern.

Mir sind die Leute ja auch egal, so lange sie nicht rumnerven oder sonst irgendwie Stress machen. Als ehemaliger Berliner sind mir andere Menschen sowieso von Hause aus egal.

So lange sie mich nicht anlabern oder mich zur Teilnahme an

einer Polonaise nötigen, ist mir der gemeine Mitmensch völlig Wurst. Soll'n mich mal schön alle in Ruhe lassen mit ihrem hysterischen Firlefanz. Als Autor lebe ich sowieso größtenteils in meinem eigenen Kopf, da will ich nichts von den Leuten und erst recht nicht angequatscht werden.

Auf der Höhe des Rathausplatzes wurde es voll. Nur noch Kostümfritzen. Irgendein Eingemauerter wurde wohl gerade befreit. Dazu wurde gesoffen und geschunkelt. Na höchste Zeit, dass ich mich ganz schnell vom Acker machte. Ab in die U-Bahn und ruck zuck ab nach Hause. Selbst zum Lesen war ich in der Bahn zu aufgewühlt. Was ist nur mit den Leuten los, fragte ich mich immer wieder. Ob nun doch ein fetter Komet auf das Rheinland fällt und die alle noch mal fix und kollektiv durchdrehen, bevor das große Sterben losgeht? Und ich bin der Depp, der heute noch kein Radio gehört hat und daher voll unterinformiert ist. Aber andererseits sind die anderen in der Bahn auch ziemlich entspannt. Die nahende Apokalypse hätte ich mir dann doch ein paar Nummern spektakulärer vorgestellt. Gut, wir sind hier in Deutschland und nicht in einem Hollywood-Blockbuster, aber etwas mehr Pathos hätte ich von meinen Mitmenschen dann doch erwartet. Na ja, ich war etwas enttäuscht in dem Moment, aber das kommt halt davon, wenn man von seinen Mitmenschen zu viel erwartet.

Zuhause machte ich die Glotze an. Im WDR wurde ich dann aufgeklärt: 11.11. und alle drehen durch. Als ich die Bilder sah, war ich froh, nicht in Köln zu leben.

Ende

Gedanken in Gelsenkirchen

Irgendwann im frühen Sommer 2016, wir machten quasi einen Ausflug als Band, oder, besser gesagt, als Teil unserer Band. Wir trafen uns zur Mythostour von Oli, der uns an interessanten Orten mit schönen, spannenden Geschichten rund um Schalke abfüllte. Die sonstige Abfüllung garantierte eine Kiste Gebräu im Bollerwagen, den ich verwaltete. Es begann mit einigen schönen Kirchenfenstern, um es mal etwas geheimnisvoll zu machen. Auf der Berliner Brücke begann ich über den Mythos und Schalke im speziellen nachzudenken.

Für mich war Fußball lange Zeit ein Thema für andere Menschen. Das änderte sich aber, als ich zum ersten Mal die Nordkurve CD hörte und mich von meiner Frau mit Anekdoten rund um Schalke füttern ließ. Klar war meine Faszination rasch geweckt.

Und nun, ein paar Jahre später bin ich teil einer kultigen, königsblauen Großfamilie. Mir war rasch klar, dass Schalke viel mehr ist, als ein Fußballverein. Das ist eine Gemeinschaft, die weit über die Stadiongrenzen und die Bundesliga Tabelle hinaus geht. Die Menschen, die ich dort kennenlernte beeindrucken auf vielfältige Weise. Das mag mit der Mentalität der Menschen zu tun haben, die Kummer kennen und durchaus gewohnt sind, aber auch mit dem Humor, der seinesgleichen sucht und der dicken, unerschütterlichen Hoffnung, die dazugehört. Und die vielfältigen, selbst geschaffenen Hilfsangebote, die nötig waren und daher angepackt wurden. Gelsenkirchen ist das Schmuddelkind unter den Deutschen Großstädten, zu viele Baustellen, zu wenig Bauarbeiter, um es kurz zusammenzufassen. Da lag genug Arbeit für alle rum, die sich dafür nicht zu schade waren. Fix fanden sich einige Freunde und Familien zusammen um etwas sinnvolles auf die Beine zu stellen, um zumindest an einem Punkt etwas zu bewirken und zu verbessern. Nehmen wir zum Beispiel „Warm durch die Nacht". Es war wohl offenkundig, dass sich viele arme, verzweifelte Menschen am Bahnhof Gelsenkirchen aufhalten. Leute mit vielfältigen Sorgen und Problemen, aus denen sie ohne weiteres nicht so einfach herauskommen. Eine mobile, regelmäßige Suppenküche mit menschlicher Wärme und einem offenen Ohr wurde auf die Beine gestellt und ist mittlerweile eine feste Anlaufstelle. Wir finden das klasse. Da sind ein paar Leute, die sicher auch angenehmer ihre Freizeit verbringen könnten, die aber nicht nur nicht weggucken wollten, sondern etwas ändern wollten und seitdem tun.

Ostern 2016 besuchten wir die Osterveranstaltung von „Warm durch die Nacht" und waren schwer beeindruckt. Dass Karin unser Ostergeld im Ganzen gespendet hat finde ich gut, gebrauchen können die jeden Pfennig. Aber das ist trotzdem wenig im Vergleich zu den tausenden Arbeitsstunden, dem konkreten Einsatz, Abend für Abend. Und da kommt Schalke ins Spiel, Einer erzählt dem Anderen was da los ist, es wird drüber geredet und überlegt, wie man anpacken kann.

Schalker sind viele, da sind viele Ideen und Muskeln, die viel erreichen können, wenn es ein Ziel gibt. Ober nehmen wir „Kicken für die Kinder", die neben einem Kinderhospiz auch andere Charity Projekte unterstützen. Ihre Veranstaltungen und Fußballturniere sind ein Event für sich und machen richtig Spaß und Sinn. Das da einiges an Zeit, Geld und Ideen drinsteckt ist klar. Beispiele könnten wir massig aufzählen, zumindest die, die wir uns persönlich angesehen haben wollen wir hier erwähnen.

Wolli, der Traumeis Eismann, der seine Spendenbüchse für die Asamoah Stiftung immer griffbereit hat ist auch so ein Beispiel, wie ein einzelner Mann einiges erreichen kann, wenn er denn eine Mission hat. „Blue Charity", die bei ihren Partys und Aktionen Geld für gute Projekte sammeln. Aber es sind auch die vielen Menschen, die nicht das Aushängeschild der Projekte sind, die sich, quasi unsichtbar aufmachen um gutes zu tun, die tun, was leider nötig ist.

Oli hatte auch seine Vision, als er sich vornahm die Schalker Meile hübscher und attraktiver zu machen und die Helden des Mythos mit Gedenktafeln zu ehren. Klar macht er das nicht alleine, da stecken viele coole, fleißige Leute hinter. Auch die Ultras für GE sammeln Spenden bei Verlosungen unter anderem, um zu helfen, wo es nötig ist. Sicher gibt es noch viel mehr Gemeinschaften und Einzelpersonen, weit über Vereinsgrenzen hinaus, die sich für andere engagieren und gutes tun, nur kennen wir die halt nicht. Wir ziehen unseren Hut aber vor jedem, der sich für schwächer und bedürftige Menschen einsetzt. Wir unterstützen in unserem Rahmen gelegentlich gerne die gute Sache, sei es durch Geld und Sachspenden aber das ist hat nur der eine Teil. Die Arbeit, Zeit und Nerven, die das Anpacken vor Ort erfordert, die ist es, die uns schwer beeindruckt und die es auch mal zu würdigen gilt. Mit dem

Heldenbegriff hatte ich immer so meine Schwierigkeiten, aber mittlerweile geht es. Für mich ist keiner ein Held, der irgendwo im Krieg zu schaden kommt, diejenigen, die sich für ihre Mitmenschen einsetzen, das sind für mich die wahren Helden. Leute, die mit ihrer Arbeit anderen ein Lächeln abringen, die Mut und Hoffnung machen, die etwas ändern.

Mit jedem Bier, das wir aus der Kiste im Bollerwagen trinken fließt etwas Geld in die Spendenbox, daher kann auch das Biertrinken für den guten Zweck eine gute Sache sein, wenn man es dabei nicht übertreibt. Und wenn ich mir diese Menge an Projekten ansehe, wenn ich beim Sommerfest von „Warm durch die Nacht" die glücklichen Gesichter derer sehe, die sich sonst kein Eis, keine Bartwurst, kein Bier und gute Livemusik gönnen könnten seh, dann weiß ich, das sind tolle, bewundernswerte Leute, die sich da einsetzen, die anpacken, weil es leider nötig ist.

Klar ist nicht Jeder, der gutes tut, rund um die Uhr und in jeder Beziehung ein toller Mensch. Auch da gibt es, zum Glück vereinzelt, seltsame Knalltüten, bei denen man sich gelegentlich mal an den Kopf fassen kann. Und natürlich möchte ich nicht den Eindruck erwecken, dass jeder Schalker ein durch und durch dufter Charakter ist, auch da gibt es einige eigenartige Figuren. Nur sind es, meiner Meinung nach, relativ wenige, die dadurch aber auch doller auffallen. Mich hat der Schalker mit seiner Mentalität im allgemeinen aber extrem positiv beeindruckt, und die paar , die da durch das charakterliche Raster fallen, da sag ich mal, Schwamm drüber.

Und wenn ich mir so die Schalker Meile ansehe, dann sehe

ich eine Straße, auf der schon einiges passiert ist. Wenn ich mir die Gedenktafel am Ernst Kuzorra Platz ansehe oder die schön gestrichene Autobahnbrücke, das haben die Leute vom Supporters Club echt gut gemacht. Pflege der Kultur, ein Auge auf die Mitmenschen, ein paar Euro wo es passt, man kann sich engagieren, jeder auf seine Weise, im Rahmen seiner Möglichkeiten, man muss es halt einfach nur machen.

Ende

Wetter, und Geschichten

Wenn sich draußen was zusammenbraut, es donnert und kracht und der Himmel so richtig die Schleusen aufreißt, was macht der Autor da? Setzt er sich mit einer Tasse Rotwein hin und schreibt ein Regengedicht?

Möglich, aber ich mach das anders. Ich zische unbeeindruckt los in die Stadt oder in die Natur. Und wenn mir der Hagel in den Nacken fliegt und ich mich so durchnässt fühle, als hätten mich ein paar betrunkene, englische Hooligans in den Hotelpool geschmissen, dann spüre ich die Kraft der Natur. Das mag oft ziemlich ätzend sein, aber dafür hab ich später dann die Erfahrungen die es braucht, um darüber was zu schreiben.

Es ist ja nicht so, dass mir alle Ideen zufliegen, weil ich so ein verträumter Typ bin. Passiert zwar auch, dass mir die Ideen einfach so zufliegen, aber vieles muss ich schon erleben, zumindest ansatzweise.

Klar, das Schreiben an sich ist dann in der Bude eine stille

Arbeit für sich. Und je länger so ein Text ist, desto mehr Fleiß und Durchhaltewillen brauche ich. Da bin ich der voll untypische Autor. Viele können easy lange Texte zaubern, können aber partout keine Kurzgeschichten.

Aber wie entstehen die, werde ich oft gefragt. Unterschiedlich. Meist habe ich irgendeine starke Emotion. Also, mich hat was geärgert. Oder ich habe einen guten Satz im Kopf. Darum baue ich dann gedanklich eine Geschichte.

Wenn die mir soweit gefällt, setze ich mich an den Rechner und lege los. Für meine ‚Kamikaze-Radio'- Geschichten hat sich ein zwei Normseiten-Maß als guter Standard etabliert. Da ist dann die Geschichte ca. 5 Minuten lang und wenn ich der Meinung bin, dass den Zuhörern das gefallen könnte, dann soll das so sein. Gedichte sind oft aus einer Laune und einem Gefühl heraus entstanden. Da ist etwas, was in diese Form passt oder gerade nicht, und das will ich dann testen. Die Gedichte entstehen oft auf Papier. Die Rohfassung ist dann da und oft noch lange nicht gut, aber das ändert sich beim Abtippen. Oft sind letztlich sieben Versionen nötig, bis ich mit dem Gedicht zufrieden bin. Auch die Geschichten werden immer wieder bearbeitet, oft nach dem Einlesen für »Kamikaze-Radio«.

Beim Lautlesen merke ich, wo es noch hakt. Außerdem kann es passieren, dass die Buchversion der Geschichte länger wird oder kürzer, je nach dem. Jeder Text wird, bis er ins Buch kommt, sehr kritisch behandelt. Schließlich gehe ich mit selbst gesetzten Standards an die Sache ran. Das Buch soll so gut wie möglich werden.

Das Schreiben an sich ist natürlich ein eher einsamer Prozess.

Ich lasse die entstehenden Geschichten auch nicht andere lesen. Ich muss mich da durchwursteln und hab ein Gefühl dafür, ob eine Geschichte gut ist oder nicht.

Songtexte sind wieder eine ganz andere Baustelle. Da ist es ja ein Gemeinschaftsprojekt, daher bekomme ich ein Thema und das wird von vielen Seiten begutachtet, Vorschläge werden gemacht und alternative Versionen von mir erstellt.

Die normalen Geschichten entstehen aber eher in kleiner, manchmal mühevoller Fummelarbeit. Daher genieße ich es umso mehr, irgendwann mit den Geschichten loszuziehen und sie vor Publikum zu testen. Daher lese ich auch kein festes Programm aus dem letzten Buch, sondern neue, alte und ganz alte Geschichten, wie es passt.

Nun ist es ja auch so, dass ein wichtiger Teil meines Live-Publikums Wiederholungstäter sind und da zeigen sich die Unterschiede zu Rockkonzerten ganz deutlich. Erstens, ich pose nicht sehr viel rum. Zweitens, ich animiere mein Publikum nicht zum Singen und Feuerzeuge werden bei meinen Gedichten auch nicht geschwenkt, oder es ist mir noch nicht aufgefallen. Der wichtigste Unterschied ist aber, die Leute, die öfter kommen, wollen neue Geschichten hören. Klar nicht nur, aber locker die Hälfte der Show sollte für die Leute neu sein.
Und da ich mein Publikum respektiere und unheimlich mag, gehe ich natürlich gerne auf seine Wünsche ein. Bei Lesungen merke ich dann auch, welche Stellen gut sind und welche ausschließlich ich lustig finde.

Letztlich geht es bei meinen Shows ja darum, dass jeder Spaß und eine gute Zeit hat. Daher sitze ich auch nicht an nem Tisch und lese meine Geschichten runter, sondern stehe beim Lesen, singe auch mal, wenn mir danach ist und gehe auf Wünsche aus dem Publikum ein.

Genug Geschichten habe ich ja eh immer dabei. Viel mehr, als eine einzelne Lesung verkraften könnte. Klar ist der Rahmen des Programms von mir vorbereitet. Aber, je nach Stimmung und Zusammensetzung der Leute, werden Geschichten ausgetauscht. Jeder Abend hat eine eigene Magie, seinen eigenen Rhythmus und seinen ureigenen Verlauf.

Manchmal war es richtig gut und klasse, ein 80 Minuten Programm hinzulegen und dann abzubauen, manchmal verfliegen weit über zwei Stunden und die Leute wollen immer noch mehr.

So lange es mir und den Leuten Spaß macht, bin ich gerne mit meinen Geschichten unterwegs. Klar muss ich gucken, ob der Aufwand gerechtfertigt ist. Bringt ja nichts, drei Tage ans Knie zu nageln, um vor 10 Leuten zu lesen und am Ende ein Buch zu verkaufen. Auch wenn ich meine Drinks gratis bekommen, wir müssen schon irgendwo vernünftig schlafen und die Bahn lässt uns Kulturfuzzis auch nicht umsonst rumgondeln. Also, die Grundbedingungen sollten stimmen. Wenn zum Ende der Show jeder glücklich ist, dann war es gut.

Und jetzt werde ich in das Unwetter hinausgehen, die Nase in den Sturm stecken und später was darüber schreiben, wahrscheinlich.

Ende

Die gute Nacht Geschichte

Als der Nebel auf den Wiesen lag und die ersten Sonnenstrahlen durch die Wolkendecke brachen, erwachte Paul.

Er hatte seinen Urlaub genutzt, um im südlichen Berliner Umland zu zelten. Er war 24 Jahre alt und hatte im Frühjahr auf einem der Berliner Flohmärkte ein altes Buch gefunden, welches ihn sofort in seinen Bann gezogen hatte.

»Das Geheimnis der Randberliner Elfen«, hieß das Werk, welches ein gewisser Knut Wollschläger 1845 im Privatdruck herausgebracht hatte. Die Skizze einer Elfe zierte den Umschlag. Angeblich hatte der olle Knut die Elfe so hier in der Region gesehen und sofort gemalt. Er war Schmetterlingsforscher und hatte hier, in den Tälern angeblich die Waldelfen entdeckt. Blaue Elfenfeuer brennen des Nachts. Um diese tanzen die Elfen, welche wohl eine Mixtur aus Insekt und Fabelwesen sind.

Paul war eher der Meinung, dass der olle Knut im Wald die falschen Pilze genascht hatte. Trotzdem wollte er der Sache auf den Grund gehen. Mit einer guten Fotoausrüstung war er losgefahren und wartete auf eine Sichtung der Fabelwesen. Alles, was mit übernatürlichen Dingen zu tun hatte, interessierte ihn. Das Geld für eine Reise nach Loch Ness hatte er aber nicht übrig.

Urlaub in der Natur, ohne Handy, dafür mit einer verrückten Idee, was konnte schöner sein? Einfach gemütlich im Gras liegen, sich an den schönen, bunten Käfern erfreuen, war genau das, was er wollte. Nie wieder durch irgendwelche Metropolen hetzen, wie letztes Jahr, mit seiner damaligen Freundin.

Am 2. Tag seines Urlaubs spürte er einen tiefen Frieden. Er wusch sich im Bach, aus dem er auch sein Trinkwasser schöpfte. Er merkte, dass er lebte, als Teil der Natur. Abends, wenn er sein Feuer entfachte, kam eine Igelfamilie und wärmte sich.

Sechs Filme hatte er schon verknippst, die Elfen hatte er aber noch nicht gesehen.

Er kochte sich eine würzige Pilzsuppe, frisch gepflückt. Was für ein Genuss. Vor dem Schlafengehen meditierte er und bevor er in einen tiefen Schlaf sank, beobachtete er die Sterne. Er versuchte, die Sternbilder zu deuten, großer Bär, kleiner Bär, Angeber. Dann dachte er an die unendlichen Sensationen, welche in den Tiefen des Weltalls verborgen waren.

Kurz bevor er in den Schlaf glitt, sah er sie. Die blauen Elfenfeuer, die tanzenden Elfen, ein Rausch der Sinne. Dann war er eingeschlafen.

Ende

Gruß und Dank:

Am Anfang hab ich ja schon ein paar warme Worte an meine Mutter und an meine Wunderbare Frau gerichtet, eigentlich sollte das vollkommen ausreichen.

Naja, ein paar Leute haben aber schon einen persönlichen Gruß verdient. Meine Familie in Berlin, Wanne-Eickel und sonst wo, meine guten Freunde, Eric, Boris, Riccardo, meine Band: KELLERGEISTER; Michel, Karin, Jente, Ingo, von denen ich einiges zum Thema Bühne gelernt habe.

Ein ganz spezieller Dank geht an Mini, für meine Recke-Zeit im Radio. Danke auch an Timm, für vieles. Danke an die Veranstalter, ich nenne nur die kultigsten: Ernst, Kulturbahnhof Gerresheim, Bücherbummel auf der KÖ. Danke an meine wunderbaren Korrekturleser, Bine, Dagmar und Reinhard. Danke an Stefan, Britta, Jörg, Campe, Zepp, HBW, Andy und Hardy von Impact,, Danke an meine wunderbaren Foto Grafen: Georgios Pavlidis und den wunderbaren Uwe Bassenhoff, der auch ein toller Freund geworden ist. Meine Königsblauen Freunde; Thorsten und Birgit, Wolli, Burgi, die Hoffman Brüder undundund. Danke an Kunti und Birgit und natürlich den duften Leser, der dieses Buch bis zum Ende gelesen hat, ohne Leser wäre auch der Autor sinnlos.

Schön, dass es Euch gibt.

Für Lob und Kritik, Anfragen für Lesungen, Anmerkungen und sonstiges, nutzen Sie bitte folgende Kontaktmöglichkeit:

recke@kamikaze-radio.de

Recke & sein Dreamteam: Karin und Uwe

Das könnte Sie auch interessieren

Attacke der Alten

Dieser Dienstag war an sich nichts Besonderes. Ich holte ein Päckchen von der Post ab und ging weiter zum S-Bahnhof Lankwitz. Ich lief durch diesen nasskalten Oktobermorgen, als ich hinter mir das Geräusch eines Fahrrads hörte. Keuchende Töne ließen auf ein älteres Semester schließen.

»Hey, junger Ficker, hau ab, sonst gibt's Saures, du jugendlicher Scheißer.«

Erstaunt drehte ich mich um, eine hutzelige Oma klebte auf dem Weltkriegsklapprad. Ihr Alter schätzte ich auf Mitte achtzig.

»Na, jetzt ist aber gut, Oma, das geht bestimmt auch netter.«, konterte ich, zugegeben, etwas lahm.

»Geh weg oder ich fahr dich über den Haufen, Arschloch.«

Erschüttert wich ich ihr aus und sah ihr kopfschüttelnd hinterher. Spinnt die denn, ich hab ihr doch gar nichts getan, wanderte es durch meinen Schädel. Der restliche Tag verlief ziemlich normal.

Am nächsten Tag merkte ich, dass mein Kühlschrank fast leer war, daher besuchte ich unseren Supermarkt. Mit vollen Armen stand ich an der Kasse, da trat mir jemand von hinten in die Hacken. Wütend drehte ich mich um, ich erwartete dumme Kinder randvoll unerwarteter Hormone, aber Irrtum.

Ein kleiner Greis, keine eins fünfzig groß, grinste mich fies an.

»Ey, Kackvogel, lass mich vor, ich hab nicht mehr so viel Zeit wie du, los, weg mit Dir, eh ich mich vergesse.«

Na, jetzt reichte es aber, schließlich hatte ich gestern schon so eine Debatte.

»Hör zu, Naziopa, mir egal was dich gebissen hat, alles wird gut.«

Sein in Latschen steckender Fuß zuckelte wieder vor, aber ich wich mühelos aus. Er begann zu keifen. »Bolschewistenlümmel, rote Sau, ich hab im Krieg gekämpft, während du als Jugendlicher mit deinem Pimmel spielst. Ich leg dich um, ohne Gewissen.« Seine dürren Ärmchen machten verzweifelt alberne Boxbewegungen.

»Geh mir nicht auf den Sack, alter Faltenkopf.«

Meine Lebensmittel lagen auf dem Band und wenige Minuten später verließ ich den Laden. Noch so einer, dachte ich. Ich drehte mir eine Zigarette und steckte sie mir ins Gesicht. Rauchend ging ich nach Hause, schließlich hatte ich auch Tiefkühlkram gekauft, der sollte nicht auftauen.

Völlig in Gedanken bedachte ich nicht, dass ich am Seniorenheim vorbei musste. Kein Problem, normalerweise. Heute sah die Sache aber anders aus.

Eine Oma zog mir die Kippe aus den Lippen und zertrat sie.

»Rauchen ist ungesund, Pickelfresse.« Pickelfresse? Ich

bin 38 Jahre und habe keine Pickel, was bildet die sich ein? »Mach nen Schuh, Bengel, sonst gibt's was auf den Arsch.« Lachend klatschten sich die Alten ab, ich war der Depp, ihr Opfer. Und langsam wurde mir mulmig. Das waren gut zehn Rentner, die dort rauchend und Kaffee trinkend vor dem Altenheim rumlungerten.

So wie die drauf waren, konnten die echt gefährlich werden. Ich sah zu, dass ich wegkam.

Zu Hause telefonierte ich mit Jan, der ist vernünftig, dachte ich mir, der hat was im Kopf, der weiß was hier los ist. Er wusste es. „Aufstand der Alten. Die haben eine Seite im Netz und wehren sich jetzt. Gegen Jugendwahn, Rentenkürzung und Ausgrenzung. Die haben sogar einen militanten Flügel und sind anscheinend sogar bewaffnet. Ihr Slogan lautet: „MIT 66 JAHREN FÄNGT DIE RANDALE AN!" Das war es also, die Alten schlagen zurück, kämpfen konnten die zumindest mal. Wenn das wie beim Fahrradfahren ist, schönen Dank auch.

Mir wurde schlecht.

Seit diesem Tag geh ich nur noch mit einem Knüppel aus dem Haus.

Seitdem sie ihre Kampagne mit handfesten Argumenten in die Tat umsetzten, musste ich den Prügel oft einsetzten und bekam gelegentlich etwas ab. Die Welt ist nicht mehr wie früher. Es herrscht Krieg. Der Krieg der Generationen.

Keine gute Idee

Schon mal was von Guerilla Gardening gehört? Das war vor ein paar Jahren das heiße Ding der illegalen Hobbygärtner. Einfach eine Erdkugel mit Pflanzensamen auf die Baulandbrache werfen, nachts heimlich gießen und der Erde seinen persönlichen Stempel aufdrücken. Das Thema geisterte drei Wochen durch die Medien um dann im kollektiven Vergessen zu verfaulen. Da hat sich wohl ein witziger Praktikantenlümmel einen lustigen Trend ausgedacht, der dann doch nicht so richtig gezündet hat, dumm gelaufen.

Dabei hab ich ähnlichen Schabernack schon 30 Jahre vorher betrieben. Topfpflanzen, welche ich neben den Mülltonnen entdeckte, hab ich vor der Müllkippe gerettet, indem ich das Gammelgrün irgendwo eingebuddelt habe. Ein paar von den Dingern stehen und wuchern in Berlin immer noch vor sich hin.

Außerdem habe ich mich auch am aktiven Kampf gegen die lauten Rasenmäher beteiligt. Der Nachbar und Gartennazi hat samstagmorgens um neun ja nichts besseres zu tun, als das Benzinmonster anzuwerfen. Ein paar Mal war ich genervt, dann entwickelte ich einen Plan. Herr Noltke, der Mieter unter unserer Wohnung hatte einen direkten

Zugang zum Garten und somit sein kleines, grünes Reich. Und jeden Samstag um neun ging der Krieg gegen die Natur los. Ich muss nicht extra erwähnen, dass der olle Noltke nicht gerade mein Lieblingsnachbar war.
Und wenn ich mich dann bei meinen Eltern über den Penner beschwerte hieß es, „ach, der alte Mann kümmert sich doch nur um seinen Garten."
Und, „. Der hat ja sonst nichts, seit er alleine ist."
Das ihn seine alte Alte verlassen hat, das hat sich der olle Gammelspießer selbst zuzuschreiben. Da unten ging es gelegentlich ziemlich laut und handgreiflich zur Sache, das hat jeder mitgekriegt.
Zurück zum Thema, jeden Samstag ging die Schlacht gegen das wilde Wachstum los. Ich hatte da irgendwann keinen Bock mehr drauf und begann Metallschrott zu sammeln. Bei meinem Onkel in der Garage fand ich ein Einweckglas voll mit mittelgroßen, angerosteten Metallkugeln. Schnell war der Fund eingesackt. Zuhause malte ich die Kugeln mit grüner Farbe an und ließ die Dinger trocknen. Was war ich damals doch für ein pfiffiges Kerlchen.
Na ja, so was kommt dabei raus, wenn man Erich Kästner liest und seinen Kopf nicht nur zum frisieren nutzt, sag ich mal.
Als die Kugeln getrocknet waren, war der letzte Schritt nicht sonderlich kompliziert.
Freitagnacht öffnete ich das Fester meines Zimmers, direkt über der Wiese und kippte die Kugeln runter, ganz einfach, lautlos und ohne Spuren zu hinterlassen.Ich war

so aufgeregt, dass ich nicht mehr schlafen wollte.
Zumindest war das mein Plan, irgendwann bin ich dann doch weggeratzt. Jedenfalls ging um kurz nach neun der Krach los.
Das Monster erwachte zum Leben und der olle Noltke begann den wöchentlichen Blitzkrieg gegen seine Wiese. Vorsichtig spähte ich durch die Gardine, schließlich wollte ich von der faschistischen Meckermumie nicht entdeckt werden.
Was genau passieren würde war mir nicht klar, aber irgend etwas musste passieren. Ich sag nur: Ursache und Wirkung und so.
Abgesehen von einem gelegentlichen klackenden Geräusch war nichts Ungewöhnliches zu hören. Klasse, dachte ich, die Kugeln schnippen einfach weg und das war es. Ich war nicht gerade sonderlich begeistert, von den Resultaten meiner teuflischen Schandtat. Ein bisschen mehr Action hätte ich dann schon erwartet, schließlich bin ich mit einem dicken Bündel Lausbubenfilme und amerikanischen Komödien aufgewachsen und das in den Siebzigern.
Und dann diese lahmen Resultate. Ich fühlte mich mehr als nur betrogen, ich fühlte mich vom Schicksal verarscht und ausgelacht. Was für eine unspektakuläre Kindheit, noch nicht mal ein simpler Streich an einem Nachbarn wollte mir gelingen.
Und dabei wollte ich mit der Aktion der Held vom Schulhof werden, was für eine Pleite. Am besten würde ich die ganze Sause für mich behalten, sonst wäre ich die Lach

nummer bis zum Jüngsten Tag, mindestens.
Selbstbewusstsein ist so eine wichtige Sache, nicht wahr? Besonders, wenn man davon nicht gerade die dickste Portion auf seinem persönlichen Teller bekommen hat. Diese Sache sollte mich cooler machen und nun? Gescheitert, auf ganzer Linie. Zu blöde, um dem Nachbarn mal eins auszuwischen.
Bahn um Bahn rückte er den Grashalmen zu Leibe, passiert war noch nichts. Vielleicht kullerten die Kugeln einfach weg oder sie landeten, ohne Schaden anzurichten, direkt im Fangkorb für das gemähte Laub. Ich war ziemlich enttäuscht und wollte gerade zum Frühstück ins Wohnzimmer gehen, als ein Knall knallte. Noltke zuckte, drehte den dummen Kopf und sonst - nichts. Wie unspektakulär, dachte ich und war nicht gerade kurz vorm Ausflippen vor Begeisterung. Dann fräste sich der Rasenmäher unter Noltkes Führung weiter über die Wiese. Und dann ging es los. Mindestens fünfmal knallte es, gefolgt von mehrmaligem Klirren und Scheppern, dann gab es ein lautes, reißendes Geräusch und dann war erst mal Ruhe.
Ruhe, was für ein tolles Geräusch, wenn vorher der Lärm nicht enden wollte, nicht wahr?
Noltke war weiß wie ein Blatt Papier und sah aus, als würde ihn gleich der Schnitter in die Hölle zerren, aber so weit war er dann doch noch nicht. Der Rasenmäher lag nun auf der Seite, aber das war Noltkes Werk.
Die Messer wollten nicht mehr schneiden, irgendwas musste sich da verhakt haben, ging es ihm durch seinen

hässlichen Schädel.
Dann erinnerte er sich wohl an das Klirren und Scheppern und starrte zur Fassade. Er wurde noch ein paar Prozentpunkte blasser.
Ich freute mich wie Oskar, war stolz wie Nachbars Lumpi und grinste wie ein geisteskranker Vollidiot. Es hatte doch geklappt, mein Plan war aufgegangen irgendwas Verheerendes war dort unten geschehen. Nach dem Frühstück würde ich rausgehen um mir den Schlamassel anzusehen.
Beim Frühstück wurde ich natürlich nicht verdächtigt.
Klar hatten meine Eltern mitbekommen, dass unten irgendwas los war, aber ich blieb unverdächtig. Ich war mit zehn Jahren nicht gerade als Rowdy berüchtigt. Ich galt eher als schüchterner Tollpatsch, der niemandem was Böses will. Der Begriff ‚gutmütiger Trottel' hätte für mich erfunden worden sein können.
Es war ja keinem klar, was für fiese Streiche sich in meinem Hirn manifestieren konnten.
Meine Eltern besprachen, was sie mit diesem Samstag anstellen wollten. Besonders einfallsreich waren sie dabei nicht gerade.
Kreative Ideen waren nicht gerade ihr Ding, wenn Sie verstehen was ich meine. Nein? Gut, hier kommen ein paar Beispiele. Mein Vater meinte, „wir könnten in den Stadtpark gehen, Enten füttern und später ein paar Lebensmittel einkaufen."
Meine Mutter warf ihre Idee in den Raum, „wir könnten auch Großtante Hilde besuchen und danach ins Mu

seum gehen. Wenn das Wetter gut bleibt, könnten auch zum Blumenmarkt und später im Einkaufszentrum eine Bockwurst essen.“ Sie sehen, ich lebte nicht gerade in einer Actionkomödie. Es war eher als wohnte ich in einem depressiven Loriotsketch.

„Also ich bleib hier“, meinte ich. Leicht geschockt glotzten sie mich an. Er kann sogar reden, wenn er gar nicht gefragt wurde, sprachen ihre Blicke.

„Soso und was machst Du dann?“, wollte mein Vater wissen, nachdem er seine Fassung wiedergefunden hatte.

„Ich treff mich mit ein paar Freunden, wir essen dann bei Matthias.“

Das war zwar improvisiert, aber gut.

„Gut, mach das mal, wir werden gegen Abend wieder hier sein“, meinte meine Mutter. Dann zischten sie los, den Tisch durfte ich abräumen. Gut, das war eine Aufgabe mit der mich meine Eltern auf das Leben vorbereiten wollten, ohne mich damit zu überfordern. Um keine Ausrede verlegen.

Nachdem der Tisch abgeräumt war zog ich mir meine Jacke an und schlurfte aus der Wohnung. Im Treppenhaus war alles noch in Ordnung. Dann ging ich um das Haus, um mir mein Werk anzusehen und sämtliche Eindrücke in mir aufzunehmen. Kinder können ganz schön herzlos sein, wenn sie ihren Dämonen freien Lauf lassen, nicht wahr? Und dann war ich um die Ecke und sah meine vollbrachte Tat.

Ungeschönt und in grellen, nichts verdeckenden, Farben. Die Balkontür sah aus, als hätte die Mafia eine offene Rechnung beglichen. Das Glas war Schrott, aber das war noch nicht alles. Gegenüber der Fenster stand eine Schrankwand, oder, besser gesagt, was davon noch übrig war. Eine Tür hing schief in den Angeln, ein dickes Loch hatte dem Holz nicht gutgetan.

In dem Regal waren Reste eines Kaffeeservice, welches spätestens jetzt nicht mehr als komplett gelten konnte. Jetzt war es nur noch ein perverses Puzzle für extrem anspruchsvolle Menschen. Herr Noltke war immer noch entsetzt, als er versuchte, das Chaos zu bannen.

„Mensch Paul, sieh Dir die Schweinerei an. Alles kaputt, das Geschirr, der Schrank, die Fenster. Ich weiss gar nicht, was mir hier passiert ist."

Seine weinerliche Stimme ließ meine Freude sofort verschwinden. Was hatte ich da bloß verbrochen?

Der größte Arsch der Siedlung tat mir nun leid. Ich murmelte irgendwas und ließ ihn stehen. Scheiße, Scheiße, Scheiße. Eigentlich sollte ich mich freuen, ich hatte es knallhart durchgezogen, aber ich fühlte mich nur beschissen. Was hatte ich dem alten Knacker nur angetan. Vielleicht war er ein pedantisches Arschloch, das gab mir aber noch lange nicht das Recht seine Wohnung zu demolieren. Die Stahlkugeln hätten das alte Hutzelmännchen auch wie eine Schrotladung umlegen können, dann wäre ich jetzt ein Mörder.

Mir wurde schlecht, wenn der jetzt die Bullen ruft ist doch klar, dass die nicht lange brauchen um auf mich zu

stoßen. Klar war ich zu jung um im Gefängnis zu landen, aber ich käme ins Heim und von dort aus ging es direkt weiter auf die schiefe Bahn.
Ich würde richtig kriminell und irgendwann am Bahnhof Zoo meinen Körper verscherbeln, um mir Geld für Drogen zu verdienen.
Meine Eltern würden sich für immer für mich schämen. Und das alles nur, weil ich als Kind eine blöde Idee in die Tat umgesetzt hatte.
Nun, die Bullen, das Heim und die schiefe Bahn sind mir erspart geblieben. Mein Verbrechen wurde nie aufgeklärt. Später war das alles nicht mehr ganz so dramatisch. Seine Versicherung hat wohl die Schäden ersetzt.
Im Laufe der nächsten Woche stieg mein Mut. Am Freitag hatte der olle Noltke einen anonymen Brief in seiner Post.
Noltke, lass das Rasenmähen vor zwölf Uhr,
sonst siehst Du nächstes mal aus wie dein Geschirr,
Kommando ruhiger Samstag
Herr Noltke hat nie wieder vor zwölf Uhr seinen Rasen gemäht.

Das Leben in unserer Siedlung war nach dieser Aktion viel entspannter. Sonderlich stolz war ich nicht auf meine Aktion und heute bin ich natürlich ganz anders drauf. Das Leben geht manchmal seltsame Wege.
Die Kindheit ist für mich lange vorbei, zum Glück, aber es war nicht alles schlecht.

1) Abschied 2) Der schärfste Metzger 3) Besuch aus Westdeutschland 4) Keine gute Idee 5) Immer schlimmer 6) König Kunde 7) Beim Bäcker, Bowie 8) Die Mauer 9) Flieg 10) Brot Vaterland 11) Die Spülmaschine

12) Die Bier Meditation - geführte Meditation!

Gern schicke ich Ihnen das mp3 Hörbuch!

Mail an: recke@kamikaze-radio.de

ATTACKE DER ALTEN

1. **Manchmal kommen sie wieder**
   Mogan & Michel - Kellergeister
2. **Schweine**
   Andy - Dödelhaie
3. **Axel ist ein Punk**
   Tommy - Molotow Soda
4. **Kein Cowboy sein**
   Zepp Cash
5. **Kohl ist hohl**
   Heiter bis Wolkig
6. **Idioten**
   Kunti - Happy Kadaver,
   unterstützt von Ralle - Boskops
7. **Lederjacke Helmut**
   Mirco - Abstürzende Brieftauben
8. **Ich bin Bibo**
   Bibo Zementfrosch
9. **Feuerlöscher hirnverbrannt**
   Rio - No Exit
   unterstützt von Fabse - Nordwand
10. **Ernsthaft trinken**
    Zwakkelmann
11. **Störfall ich**
    Michel

Zugabe:

12. **Attacke der Alten**
13. **Outro**
    G. Recke

CD Nr. 2
Als Extra habt Ihr das 4-Stunden-Hörbuch mit der etwas gekürzten Geschichte der Band RestAlkohol, 35 üble Jahre, damit Ihr die Band besser kennenlernt.